イラスト
硝音あや

皇帝陛下のお世話係

~女官暮らしが幸せすぎて
後宮から出られません~

3

〔著〕柊一葉

〔絵〕硝音あや

人物紹介 & あらすじ

少年皇帝・紫釉《シュ》のお世話係となった凜風《リンファ》。紫釉《シュ》の成長を見届けるために後宮女官を一生続けたいと思っていたところ、同じく紫釉《シュ》を大切に想う最高位執政官の蒼蓮《ソウレン》と惹かれ合い、彼の許嫁となることに。

初めての女官暮らしに奮闘する中、紫釉《シュ》や蒼蓮《ソウレン》と共に街へ視察に赴いたり、久しぶりに生家の柳《リュウ》家に立ち寄って家族との再会を果たしたり、凜風《リンファ》は楽しい時間を過ごす。

叔父による柳《リュウ》家失権の企みや蒼蓮《ソウレン》と隣国の公主との縁組も無事回避でき、蒼蓮《ソウレン》との絆もより強固なものになっていった。

これまで野心家で傲慢だと思っていた父との関係性も変わりつつある中、お世話係になって一年の月日が経とうとしていて――

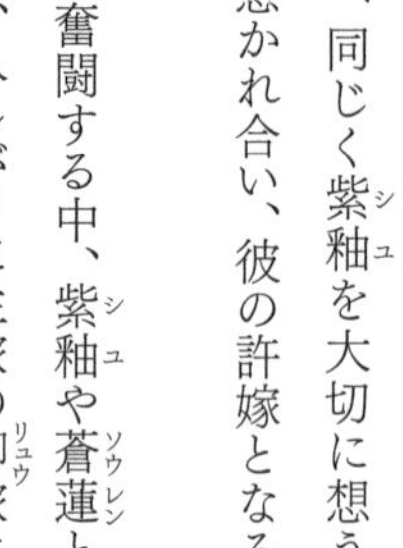

静蕾〔ジンレイ◉28歳〕

女官長。優しく頼もしい凜風の先輩。

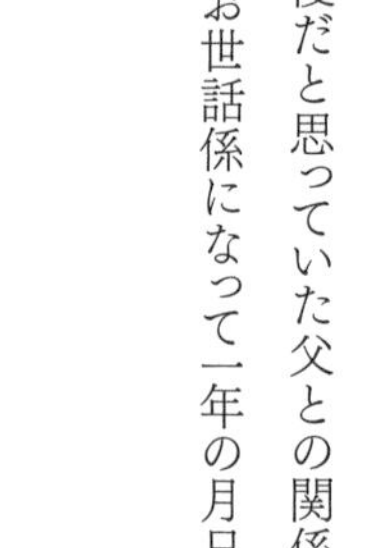

柳 秀英〔リュウ シュイン◉23歳〕

蒼蓮の側近にして凜風の兄。有能だが、凜風、父親、蒼蓮に振り回される苦労人。

蒼蓮〔ソウレン◉25歳〕
紫釉の叔父であり、先帝の異母弟。幼い甥を守るため最高位執政官として国を動かす。凜風に求婚した。
紫釉〔シュ◉5歳〕
凜風の仕える少年皇帝。蒼蓮の甥。
柳 凜風〔リュウ リンファ◉18歳〕
右丞相の娘。二胡の腕を見込まれ、皇帝のお世話係になる。紫釉のそばで生涯支えたいと思っていたところ、蒼蓮から想いを告げられた。二人の関係は秘密。

光燕国周辺地図
北
東
南
西
騎馬民族の領地
泉(チュアン)
光燕(コウエン)
首都・黒陽(ヘイヤン)
国境線問題
瑞(ロイ)
陶(タオ)

もくじ

プロローグ　噂話

光燕《コウエン》国では、血のつながりや家族は何より尊いものとされている。

これは大神《ターシエン》教の根源であり、この大陸に存在する幾つもの国々で信仰は守られてきた。

『親は子を慈《いつく》しみ、子は親を敬い、その絆は何よりも強い』

各所領を治めてきた光燕《コウエン》の貴族家は、聖典に書き記されたこの言葉に沿い、代々一族を大切にしている。特に、皇族に次ぐ権力を持つ五大家ともなればその意識は一層強まる。

「柳凜風《リユウリンフア》殿、どうか私に貴女を救うようお命じください」

「……は？」

執政宮で突然見知らぬ武官に声をかけられた私は、それがあまりに突拍子もない内容だったため、名家の娘らしからぬ反応をしてしまった。

近くの木々から「チチチ……」というツグミの声が聞こえている。

ここは平和そのもので、なぜ私はこの見ず知らずの武官に救われなければならないのかさっぱりわからなかった。

私についてきていた宮女の桜綾《ヨウリン》も、唖然《あぜん》として固まっている。

彼は私の反応を見て、まるで己が慈悲深い男であるかのように言った。

「あぁ、そう警戒なさらないでください。私はずっと貴女をお助けしたいと思うておりました……！」

いや、そんなこと言われても。そもそもこの人は一体誰なの？

年は二十歳《はたち》くらいで、日に焼けた肌に四角い顔、上級武官の衣を纏《まと》っているところから判断するに、どこか名家の子息だろう。悪い人ではなさそうだが、いきなり話しかけられても反応に困ってしまう。

「おっしゃる意味がわかりません。何か用があるのなら、父か兄を通してください」

毅然《きぜん》とした態度を取らねば、我が家の恥になる。冷たい声できっぱりとそう告げた上で、じりじりと下がり、私は彼と距離を取った。

相手は、意表を突かれたという反応を見せる。はっきり拒絶されると思っていなかった、そんな風に思えた。

「なんと健気《けなげ》な……！　苦しみの中でも、なお気丈に振る舞われるとは」

ダメだ。まるで話が通じていない。感極まったように顔を歪《ゆが》ませる彼は、自分に酔っているのだろうか。

彼によると、私は「苦しみの中で健気にがんばっている」らしい。

もしかして、私が無理やり女官をやらされていると思っている？

第十七代皇帝・紫釉《シユ》陛下のお世話係になり、まもなく一年。

生家の柳《リユウ》家を出て後宮女官になったのは、誰に無理強いされたわけでもなく、私自身の希望だ。

右丞相《うじようしよう》の娘として、五大家の娘として、有力な家に嫁ぐことこそが使命とされてきたことを思えば、随分と思い切ったことをした。

五大家の娘は仕えられる側であり、仕える側ではないのだから。

しかも柳《リユウ》家は五大家筆頭、父は右丞相として権力を振るっているのだ。その娘が働きに出るなど通常ならあり得ない。

でも私は、お飾りの妃になるよりも、ライバル家で情報を流すための妻になるよりも、皇帝陛下のお世話係になることを選んだ。

つらいことも当然あるけれど、今のところ後悔したことは一度もない。

だから、「救ってほしい」なんて思うわけもなく――

「勝手な解釈をなさらないでください。私は今、とても幸せです」

この人といくら話しても無駄だろう。

早々に諦めた私は、すぐさま踵《きびす》を返す。

「桜綾《ヨウリン》、行きましょう」

「はい」

紫釉《シユ》様の成長を書き記した記録帳を運ぶためだけに執政宮を訪れたのに、まさかこんなおかしな人に捕まるとは。

後で兄上に報告しよう、そう心の中で思った。

「お、お待ちください！」

背後から、慌てて追ってくるのがわかる。

けれど私が振り向くより先に、男の行く手を遮る声がした。

「近づくな」

「っ!?」

男とも女とも区別のつかない中性的な声に、さらりと流れる白金髪。軽い身のこなしで突然現れたその少年は、両手に握り締めた鋭く光る銀の短刀で威嚇する。

「くっ……！」

武官は血気盛んな者が多いとはいえ、ここは執政宮。刀を抜くことはできない。睨《にら》み合いはしばらく続いたが、少年のただならぬ殺気を感じ取った彼はついに引き下がった。

私は武官が去ったのを確認し、その子に向き直る。

「藍鶲《ラングウ》、ありがとう」

「いえ。仕事ですから」

両手の短刀を鞘《さや》に仕舞い、またすぐどこかへ消えていった。

藍鴗《ラングウ》は父の命令で新たに私のそばにつけられた護衛で、まだ十四歳という若さでありながら柳家《リユウ》の護衛で一、二を争う腕前の持ち主だ。

色素が薄く、くっきりした目鼻立ちは、西側諸国から流れてきた異民族の子孫だと一目でわかり、そのせいで差別を受けてまともな職につけそうにないことを危惧した養父が彼をうちへ預けたと聞いている。

「初めて明るい場所でお顔を見られました。なんて美しい方なのでしょう！」

桜綾《ヨウリン》が目を輝かせて喜んでいる。

彼女は力強く逞《たくま》しい男性よりも藍鴗《ラングウ》のような容姿を好むらしい。

「もっと頻繁に出てきてくださればいいのに」

「藍鴗《ラングウ》が出てくるときは、あまりよくない状況よ？」

そう何度も現れるのは好ましくない。私は苦笑いになる。

本来なら、後宮女官になった時点で柳家《リユウ》の護衛をつけることはできない。でも、私が皇帝陛下付きであることに加え、最高位執政官である蒼蓮《ソウレン》様の許嫁《いいなずけ》になったことで、柳家《リユウ》の護衛がそばにつくことを許された。

家から離れて己を必要としてくれる場所を……と思っていたのに、結局のところ私はどこまでいっても柳家《リユウ》の娘なのだ。

けれど、今はそれでよかったと思える。

野心家で非情に見えた父の意外な一面を知ってから、ようやく気持ちに折り合いがついた。兄・秀英《シュイン》からは「少しは大人になったか」と言われたものの、その発言自体が子ども扱いされているようで少し複雑な気分だ。

廊下にはまた二人きり。私たちは後宮に向かって再び歩き始め、今度は何事もなく戻ってくることができた。

「そういえば、さっきの方は噂を信じているのかもしれませんね」

桜綾《ヨウリン》がふと思い出したかのように口を開く。

「噂？」

「ご存じありませんか？　凜風《リンファ》様が後宮女官になったのは、紫釉《シユ》様を手中に収めたい右丞相様のご意向だと噂があるのです」

執政宮では、そんな噂が流れているらしい。

見事に事実とは反する内容だ。

「まさか、柳《リュウ》家の姫君がお父上に逆らってまで勤めに出るなんて普通は思わないでしょう？　私も最初は驚きましたから」

桜綾《ヨウリン》がくすりと笑う。

「言われてみればそうね。あの父が、娘のわがままを許すとは思えないもの」

前左丞相である李仁君《リレンジュン》が失脚した今、国政の場で最も権力を持っているのが私の父・柳暁明《リュウシャオミン》だ。

世間では、娘の私が思っていた以上に非情な男だと思われているだろう。

父だって、蒼蓮《ソウレン》様のご命令でなければ決して私を勤めになんて出さなかったはず。

今は何も言ってこないけれど、最初の頃は私を連れ戻して嫁に出そうという計画を諦めていなかったわけで……。

噂が流れるのは当然だと思った。

妙に納得してしまった私に、桜綾《ヨウリン》はさらなる噂を口にする。

「あ、それからもう一つ。『柳《リュウ》家の姫君と李睿《リルイ》様が実は恋仲で、敵対し合う互いの父によって引き裂かれた』とも……」

「ええ？」

一体どこからそんな根も葉もない噂が出るのか？

「確かに李睿《リルイ》様とは縁組の話があったけれど、それはあくまで政略結婚の可能性としてよ？　私たちはまともに会話をしたこともないのに」

「人は噂の真偽などどうでもいいのでしょう。話題性があればそれに飛びつきますので」

「困ったものね」

いちいち否定して回れば、やはり噂は本当なのでは？　と誤解される。こういうのは自然に終息するのを待つしかない。

桜綾《ヨウリン》は私に気を遣い、宮女同士でそういう話になったときはさりげなく否定しておきますと言ってくれた。

采和殿《サイカデン》に戻ってくると、せわしなく行き交う宮女や文官の姿が目に入る。

もうすぐ紫釉《シユ》様が六歳になられるので、その祝宴の準備に大忙しなのだ。

光燕《コウエン》で六は何事もうまくいく縁起のいい数字として好まれ、どの家でも六歳の宴《うたげ》は成人の儀に次ぐ華やかさになる。

紫釉《シユ》様は、わずか三歳で即位した唯一無二の少年皇帝。その生誕節はかつてない規模の祝宴になる予定だ。

「ただいま戻りました」

紫釉《シユ》様のお部屋の前で、そう声をかけてから中へと入る。予定通りなら、午後の謁見が終わった紫釉《シユ》様はしばらくの休憩を取っている頃だった。

「凜風《リンファ》、これを見るのだ！」

部屋に入るなり、私を見た紫釉《シユ》様が嬉しそうに絵を見せてくれる。墨で描かれたツグミや木々は、以前よりもかなり上達していた。

「まぁ、なんとかわいらしい！　さすがは紫釉《シユ》様ですね」

「今日はとてもよく描けたぞ。筆の使い方がうまくなったと皆が言っておる！」

得意げに話す紫釉《シユ》様は、五歳の子どもらしい笑顔だった。頬の丸みや小さな手が愛らしく、こういうところは普通の子どもと何ら変わりない。

一つに結んだ黒髪が走るたびに左右に揺れるかわいらしいところや、その屈託のない笑顔を見ていると「世話係になってよかった」と実感する。

世話係で女官長の静蕾《ジンレイ》様も、そんな紫釉《シユ》様のご様子を見てにこやかな笑みを浮かべていた。

月日は流れゆくけれど、紫釉《シユ》様のお心が変わらず平穏でありますように。

紫釉《シユ》様はその後も新たな紙に筆を走らせ、様々な絵を描かれるのだった。

■■■

麗《うら》らかな春の日は、心が軽くなるようだ。そんな歌を口ずさみながら仕事に励む使用人たちとは反対に、宮廷にある謁見の間は極寒の冬に戻ってしまったかのように冷気が漂っていた。

「よくもこれほど問題ばかりが出てくるなぁ……。そなたらの目は節穴か？」

光燕《コウエン》の至宝とも称《たた》えられる最高位執政官・蒼蓮《ソウレン》。その美貌から何かと人目を引く彼だったが、今日だけは誰もその微笑《ほほえ》みを直視することができない。

集められた者たちは一斉に下を向き、押し黙る。

亡き兄から全権を引き継ぎ三年、今や蒼蓮《ソウレン》に意見できる者は柳《リユウ》右丞相および黎《レイ》左丞相だけとなり、その二人も「国のためになるうちは」と蒼蓮《ソウレン》の苛烈な言動を窘《たしな》めることはない。

今回も、地方なら宮廷の目が届かぬと侮り汚職に手を染めた者たちを次々と処断し投獄した。たとえ、それが名家の当主やその親戚筋であっても容赦はしない。

「このままでは新しい牢を建設しなくてはいけなくなるな。そなたらの邸《やしき》を召し上げられたくなければ、しっかりと一族の者に目を光らせよ」

「はっ……！　承知いたしました」

不正は決して許さぬ、とその眼光で威圧した蒼蓮《ソウレン》は、衣の裾を翻して謁見の間を後にする。道を譲る官吏や武官は、一斉に頭を下げて彼を見送った。

側近の柳秀英《リユウシユイン》も素知らぬ顔で彼らの前を通り過ぎるが、誰もいなくなった頃合いを見計らって密かに進言する。

「蒼蓮《ソウレン》様、あまり敵を増やすのは得策ではございませぬ。このようなことは黎《レイ》左丞相に任せ、蒼蓮《ソウレン》様の支持者を増やしてはどうかと……」

先帝の異母弟である蒼蓮《ソウレン》は、紫釉《シユ》を除けば唯一の皇族だ。まだ幼い甥の代わりに即位し、皇帝となる道もあった。そうしなかったのは紫釉《シユ》を守るためであり、国を乱さないためであったのだが、「紫釉《シユ》陛下こそ皇帝にふさわしい」という声を高めるためとはいえあまりに自身の評判を気にしない彼を秀英《シユイン》は案じていた。

「このままでよい。私は『早く退《ひ》いてくれ』と思われるくらいでちょうどいい」

「しかし……」

「見たであろう？　さきほどの面々を。あれは思い当たる事案がいくつもあるのに放置しているのだ。私がこれほど働いておるのに、部下が職務怠慢とは笑わせる」

「目が笑ってませんよ」

あははと声を上げて笑った蒼蓮《ソウレン》は、足を止めて振り返る。

「紫釉《シュ》陛下の世に憂いを残さぬよう、私は光燕《コウエン》国の隅々まで手を伸ばそう。そうすれば、隙あらば領土拡大をと考える瑞《ロイ》や辛気臭い陶《タオ》の皇帝らも我が国に付け入ることはできぬはず」

「あの、陶《タオ》は敬虔《けいけん》でクソ真面目なだけで辛気臭いわけでは……」

陶《タオ》は、周辺国の中で最も大神教《ターシエン》の戒律を厳格に守る国。一から十までしきたりに則《のっと》らねばならぬ国は息苦しい、というのが光燕《コウエン》やそのほかの国の反応だった。

「八年前に陶《タオ》の皇帝に会《お》うたが、まるで現実が見えていなかった。民が困窮に喘《あえ》いでいても、それは神のご意志だと平然と言い切るのだ。飢饉も疫病も、何もかも神の意志だから逆らうものではないと」

神を崇《あが》めるあまり、すべての災厄は人の業《ごう》によるものであってどうしようもないと諦めるその態度は、特使として陶《タオ》を訪れた蒼蓮《ソウレン》にとって苛立ちを覚えるものだった。

亡き燈雲《トウウン》も同じ考えで、かねてより陶《タオ》とは敵対もしないが友好的でもないという関係性を保っている。

「かといって、陶《タオ》が瑞《ロイ》に飲み込まれるのも困りますね。どうして心穏やかに暮らせないのか」

これ以上、悩みの種を増やさないでくれ。秀英《シュイン》は言外にそれを含ませる。

光燕《コウエン》の南に位置するこの二国が不安定な情勢であるうちは、決して国力を落とすわけにはいかない。それに関しては、二人の丞相も大臣らも意見が一致していた。

「わかりやすい脅威があると、人は都合よく手を取り合うことができる。それだけは感謝せねば」

国のために、紫釉《シユ》のために、使えるものは何でも使う。最高位執政官の立場や己が皇族であることすら、政《まつりごと》の道具として扱ってきた。

そんな蒼蓮《ソウレン》の生き方を、秀英《シュイン》はよく思っていない。今さら言葉にはしないが、呆れ顔でついてくるところを見ればその気持ちは歴然だった。

蒼蓮《ソウレン》が秀英《シュイン》と共に向かったのは、ちょうど昼餉《ひるげ》の頃合いを迎えた後宮。いつもなら紫釉《シユ》と朝餉《あさげ》を共にしているのだが、今日は時間が取れずこうして太陽が頭上に高く上がる頃になってようやく後宮へ向かうことができた。

すでに連絡はつけてあり、蒼蓮《ソウレン》が近づくと門番が大きな扉を開けて出迎える。

「……ツグミか」

門をくぐったとき、蒼蓮《ソウレン》がふと呟《つぶや》く。

小さな鳴き声を頼りにみずみずしい葉をつける木々に目をやれば、右から左へかすかに枝葉が揺れ、そこに鳥たちがいるのがわかった。

忘れられた第二皇子。蒼蓮《ソウレン》が後宮で暮らしていた頃、彼はそう呼ばれていた。皇帝の座に興味などないと意思表示をするため、何もせずただ死んだように生きるのが少年時代の役割だった。

後宮という存在を忌避《きひ》していた蒼蓮《ソウレン》だったが、今となってはもう過去のことだと割り切ることができたのは、ここで兄の忘れ形見である紫釉《シユ》が健やかに育ち笑っているからだ。

紫釉《シユ》は散歩のとき、鳥や魚を観察するのが日課だという。

采和殿《サイカデン》に向かうために歩く道すがら、そこにある池や四阿《あずまや》を見ると、楽しげな紫釉《シユ》の姿が浮かんでくる。

同時に、その傍らで見守る凜風《リンファ》の姿もありありと想像できた。

「ここは変わったな」

「……はい」

ここにはもう、醜く争う皇妃たちの姿はない。

蒼蓮《ソウレン》は、口元に穏やかな笑みを浮かべ歩いていく。

その横顔を見た秀英《シュイン》は「変わったのは貴方です」と密かに思う。このように穏やかな顔をする蒼《ソウ》蓮《レン》のことを、誰よりも見たかったのは兄の燈雲《トウウン》だっただろう、とも思った。

「どうした？　そのようなおかしな顔をして」

「なっ……！」

秀英《シュイン》がしみじみと感傷に浸るのを見て、蒼蓮《ソウレン》が眉根を寄せて言った。

「平和だなぁと思うただけですよ！　平和だな、と！」

「平和……？　さきほど死人のような顔をした官吏らを見たばかりであろう。そなた、気は確かか？」

「そのことではありませんよ」

はぁと大きく息をつく秀英《シュイン》を見て、蒼蓮《ソウレン》は何のことだかわからないという顔をする。

そのとき、廊下で待っていた凜風《リンファ》や宮女たちの姿が目に入った。二人が何やら揉《も》めているように見えたのか、皆一様に不思議そうな顔をしている。

蒼蓮《ソウレン》は、外向きの麗しい笑みを張り付け歩いていく。

「ようこそ、いらっしゃいました」

凜風《リンファ》を始め、宮女たちが一斉に頭を下げる。煌《きら》びやかな衣装を纏った彼女たちは、世が世ならいずれも皇帝の妃候補にもなれる身分の者たちだ。その所作は優雅で、挨拶一つにしても統率が取れている。

凜風《リンファ》の前で足を止めた蒼蓮《ソウレン》は、嬉しそうに目を細めた。

「そなたは今日も格別に美しいな」

「お、お戯れを……」

公にできぬ関係とはいえ、女好きの執政官として通っている蒼蓮《ソウレン》がこうして凜風《リンファ》に構うのは目立つことでも何でもない。堂々と口説きにかかる蒼蓮《ソウレン》に対し、生真面目な凜風《リンファ》が狼狽《うろた》えるのはいつもの光景だった。

今のところ、「蒼蓮《ソウレン》が熱心に右丞相の娘を口説いているが進展はない」というのが後宮や宮廷の者たちの認識である。

「そなたに出迎えられると疲れが吹き飛ぶようだ」

「それはようございました……ね？」

「ははっ、相変わらずつれないな。右丞相に縁組を頼んでみようか？」

「まさかそのようなこと、父が許すとは到底思えませぬ」

「おや、右丞相さえ許せば私のものになってくれるのか？」

「はっ!?　いえ、あの、そのような意味ではございませぬ……。あの、紫釉《シユ》様が早うからお待ちでございます」

挨拶代わりの冗談さえうまくあしらえずにいる凜風《リンファ》を見て、なお一層かわいらしいとばかりに蒼《ソウ》蓮《レン》は笑った。

凜風《リンファ》の髪にある簪《かんざし》を一瞥《いちべつ》して、より上機嫌になる。

「では、紫釉《シユ》陛下の元へ参ろう。秀英《シュイン》、後は任せた」

「はい。ごゆるりと……」

采和殿《サイカデン》の入り口に残った秀英《シュイン》は、蒼蓮《ソウレン》の背を見送った後、来た道を引き返していく。

宮女たちがせわしなく行き交う後宮の様子から、紫釉《シユ》の六歳の生誕節が近いことが伺えた。かつてない規模の宴を前に、皆の表情が明るくも見える。
これを機に、少しは情勢が落ち着いてくれればいいのだが。
秀英《シュイン》はそんなことを願いながら執政宮へと戻っていった。

第一章 皇帝陛下の友

「蒼蓮《ソウレン》！」

煌びやかな黄色の衣を纏った紫釉《シユ》様が、昼餉の席へやってきた蒼蓮《ソウレン》様を見てぱぁっと表情を輝かせる。その手に持っている絵を見せたくて、褒めてもらいたくて仕方がないといったご様子だ。

蒼蓮《ソウレン》様は、柔らかな笑みを浮かべその場に屈むと、駆け寄ってきた紫釉《シユ》様の肩に触れて言った。

「いかがなさいました？　紫釉《シユ》陛下」

「これを見よ、我が描いたのだ」

小さな手に握られたそれは、墨で描かれた鳥たちの絵。木から木へ、飛び移ろうとしているツグミの姿がかわいらしい。

蒼蓮《ソウレン》様はじっと絵を見つめ、そして紫釉《シユ》様を見て言った。

「素晴らしい絵でございますね。貫禄のある石が二つも」

「……鳥だ」

「鳥!?」

胴の丸い部分が大きいけれど、ちゃんと両側にぴょこんと羽が描いてありますよね!?

私と静蕾《ジンレイ》様は、揃って冷たい眼差しで蒼蓮《ソウレン》様を見る。

紫釉《シュ》様は悲しげに微笑み、絵に視線を落として呟いた。

「我は絵がまだ上手ではないか……？」

幼心を傷つけてしまったと気づいた蒼蓮《ソウレン》様は、珍しく狼狽えていた。

「陛下、いえ、あまりに堂々と羽ばたく鳥たちであるがゆえに、蒼蓮《ソウレン》が勘違いいたしました。とても愛らしい鳥ですね」

いつも皮肉たっぷりに官吏らを叱責するお姿を知っている分、これほど困り顔でどうにか紫釉《シュ》様の機嫌を取ろうとしている蒼蓮《ソウレン》様は貴重だなと思った。

こんなやりとりも、お二人が仲良くなった証《あかし》かもしれない。

紫釉《シュ》様は上目遣いで蒼蓮《ソウレン》様を見つめ、確認するように尋ねる。

「鳥に見えるか？」

「はい。鳥でございます」

きりっとした顔で嘘をつく蒼蓮《ソウレン》様。これには私も静蕾《ジンレイ》様も思わず笑ってしまった。ここで麗孝《リキョウ》様が見かねて口を挟む。

「紫釉《シュ》様、絵というものは見る者の心の持ちようによって見え方が変わるのです」

「どういうことだ？」

「蒼蓮《ソウレン》様は、鳥を愛《め》でるような暮らしはなさっておられないので、これが鳥だと気づかなかったのです。石に見えたのは、鳥より石の方が蒼蓮《ソウレン》様にとっては近しい物なのでしょう」

「ふぅん？」

「つまりは、紫釉《シユ》様の絵の良し悪《あ》しではなく、蒼蓮《ソウレン》様の目が曇っておられただけですよ」

酷《ひど》い言われようだった。でも蒼蓮《ソウレン》様も思い当たる節があるらしく、気まずそうにしておられる。

私たちも「確かに蒼蓮《ソウレン》様のお忙しさならそれも仕方ないか……」と納得しかけたものの、顔には出さず黙っていた。

「蒼蓮《ソウレン》は、絵は嫌いなのか？」

「いえ、そんなことはございませんが」

紫釉《シユ》様は、蒼蓮《ソウレン》様と共に握っていた絵から手を離して上目遣いに尋ねる。

「今日はこれを蒼蓮《ソウレン》にやろうと思ったのだ。もらってくれるか？」

何度も描き直して完成した絵。蒼蓮《ソウレン》様にあげようと思っていたから、あんなに懸命に描いていたのかと思うと微笑ましい気持ちになる。

これまでは、描いた後は特にその絵を取っておこうとしなかった紫釉《シユ》様だが、人に絵を贈ろうと思うのは成長の証なのかもしれない。

何というおかわいらしさだろう……！

お二人の仲がこれほどまでに深まっていることも嬉しくて、胸がじんとなった。

「静蕾《ジンレイ》と凜風《リンファ》にも大きな絵をやる」

「「大きな絵ですか？」」

二人分の声が重なり、私たちは思わず顔を見合わせる。

紫釉《シュ》様は両手を伸ばし、「大きな！」と言って笑った。

きっとここにある紙では足りぬだろう。急ぎ官吏に頼んでおかねば、と思う。

「さぁ、紫釉《シュ》様。絵はこちらにお預かりしておきます。お食事にいたしましょう」

「うん！」

静蕾《ジンレイ》様に促され、紫釉《シュ》様は上機嫌で椅子に座った。

蒼蓮《ソウレン》様はそんな紫釉《シュ》様の姿を見て目を細め、穏やかな雰囲気で食事の席についた。


お二人が席につくと、宮女たちが次々と料理を運んでくる。

冬場は体が冷えるのを防ぐため、温かい麺やスープが中心の水席料理二十品目が卓上に並ぶが、今日から春の食材を使った揚げ物や炙《あぶ》り焼きなどが多く並び始める。

紫釉《シュ》様はまだ幼いため、味の濃いものや香辛料は控えめに。羊肉の炒め物や川魚と茹で野菜の和《あ》え物なども添えられる。

「おいしい」

紫釉《シュ》様は特に羊肉がお好きで、山芋と大根の入ったスープと交互に召し上がられた。

六歳の生誕節までは毒を混ぜて耐性をつける食業《しょくぎょう》は取りやめとなり、純粋にお食事を楽しめる時間が増えるのは私たち世話係も一安心だった。

「紫釉《シュ》陛下は、いずれの料理も見事に召し上がられますね」

「うん、今日は青菜がないから大丈夫だ」

「ははっ、変わらず青菜は苦手でございますか」

紫釉《シュ》様の青菜嫌いは続いているけれど、それ以外はすべて問題なく召し上がられ、好き嫌いは少ない方だと思う。

もぐもぐと頬張るお姿はまた愛らしく、いつまでも見ていたくなった。

一通り食べ終わると、紫釉《シュ》様は明るい声音で蒼蓮《ソウレン》様に報告する。

「今日の午後から、側近候補たちと武術を共に学ぶのだ」

「あぁ、本日からでございましたか。それは楽しみですね」

皇帝である紫釉《シュ》様には、同じように成長していく側近が必要だ。最低でも五人は選ぶように、と蒼蓮《ソウレン》様は以前からおっしゃっている。

三歳年上の高堅《ガオシャオ》少年はすでに側近に内定していて、ほかの子たちはこれから二年ほどかけてその素養や人柄を見極めていく予定だ。

「堅《シャオ》のほかにも、気に入った者が見つかることを願います」

ここで紫釉《シュ》様は、ふと疑問を口にする。

「蒼蓮《ソウレン》には友はいるのか？　秀英《シュイン》のほかに」

意外な言葉に、蒼蓮《ソウレン》様はクッと笑いを漏らした。

「紫釉《シユ》陛下には、秀英《シュイン》が私の友に見えておりますか？　ははっ、それはそれは……」

兄は八歳の頃から蒼蓮《ソウレン》様のおそばにいるが、『友』かというとちょっと違うような。

蒼蓮《ソウレン》様は、言葉を選びながら答える。

「秀英《シュイン》は側近でありますが、友ではないかと。ただし、友とはどういうものなのか蒼蓮《ソウレン》には覚えがないのでわかりませぬなぁ」

「友はおらぬのか。なぜだ？」

「なぜ、と申されましても……」

蒼蓮《ソウレン》様は困り顔で言葉に詰まった。

今の後宮とは違い、愛憎渦巻く敵だらけの後宮で忘れられた第二皇子として育った蒼蓮《ソウレン》様には、心を許せる友という存在はいなかったのだろう。出会う機会すらないというのが想像できる。

「蒼蓮《ソウレン》には友はおりませぬが、紫釉《シユ》陛下はそのような存在が欲しいと思われるのですか？」

「うん。栄《エイ》殿が友と一緒に川へ行ったり、夜中に邸を抜け出したりしたと話しておった！　友がいると楽しいことがたくさんあるのだと聞いた！」

それは純粋な憧れであり、未来への期待だった。

そんな紫釉《シユ》様に眩《まぶ》しそうに目をやった蒼蓮《ソウレン》様は、にこやかに見守っていた。

「あ！　それに今日は麗孝《リキヨウ》が馬に乗せてくれるのだ！　馬に乗れると、友ができたときに一緒に遠くまで行けるらしい」

食後はすぐに道着にお召替えをして、武術の稽古の時間が待っている。そのときに馬に乗るそうで、紫釉《シユ》様はそれをとても楽しみになさっていた。

「蒼蓮《ソウレン》と黒陽《ヘイヤン》の街へ出たときに乗ってから、ずっと馬に乗りたかったのだ！」

「懐かしいですね。あれからもう半年ほどですか。今日は麗孝《リキヨウ》と共に手綱を握り、ゆっくり走ってください」

「わかった」

温かい茶を飲み干した紫釉《シユ》様は、真っ白な手巾《しゆきん》で口元を拭う。

私はそれをきっかけに、紫釉《シユ》様のそばにそっと手を差し出して椅子から降りるのをお手伝いする。

「では、いってまいる」

「どうかお気をつけて。よきお話が聞けるのを楽しみにしておりますよ」

蒼蓮《ソウレン》様に見送られ、紫釉《シユ》様はお召替えのために別室へと向かった。足取りは軽く、昨夜から楽しみにしていたのだと伝わってくる。

私は蒼蓮《ソウレン》様に向かい一礼し、その後に続く。

今日の日が、楽しい思い出になればいい。友と出会えるきっかけになればいい。このとき私は、そう願っていた。

空が温かな緋色に染まる頃。

武術の稽古を終えた紫釉《シユ》様が、私たちの待つ采和殿《サイカデン》へと戻ってこられた。

「紫釉《シユ》様？　いかがなさいました？」

「…………」

湯で汗を流した紫釉《シユ》様は、てっきり楽しげなお顔で側近候補の少年たちのことを報告してくれるのだとばかり思っていたら、そのお顔があまりに落ち込んでいて驚いた。

一体何があったの……？　あれほど期待に目を輝かせておられたのに、この変わりよう。

菓子の用意をして待っていた私は、それを勧めるのも忘れて尋ねた。

「紫釉《シユ》様、何か困ったことや嫌なことがございましたか？」

「…………何でもない」

拗《す》ねた声音は、明らかに「何でもない」とは思えなくて。

何かあったけれど話したくない、そんな様子に見えた。

静蕾《ジンレイ》様も心配そうに紫釉《シユ》様を見つめ、自ら話してくれるのを待つ。

でも、沈んだ様子の紫釉《シユ》様が何か口を開くことはなく、その後もぼんやりとした雰囲気で夕餉《ゆうげ》を終えられた。

紫釉《シュ》様に何があったのか。

これまでは、そのお心を話してくれないことはなかった。長い睫毛《まつげ》を伏せた悲しげなお顔を見ていると、胸がきゅっと締め付けられる。

寝衣へお召替えの際も、沈んだ雰囲気は続いていた。

もしかして、楽しみにしていた馬に乗れなかった？

いや、予定が変更になったという報告はない。

付き添っていた武官の雨佳《ユージア》からは、武術の稽古は恙《つつが》なく執り行われたと聞いている。

私が二胡《にこ》を弾いている間も、紫釉《シュ》様は寝台で仰向けになった状態で心ここにあらずといった風に見えた。

武術の稽古でお疲れだったようで、いつもより随分と早くその瞼《まぶた》が固く閉じられる。

静かな部屋に、二胡の伸びやかな音が消えていく。

私はきりのいいところまで弾いた後、そっと手を止め、二胡と弓を持って寝所を出た。

隣室には静蕾《ジンレイ》様の姿があり、紫釉《シュ》様と同じくらい大きな紙を机に用意しているところだった。

「紫釉《シュ》様はお休みになられましたか？」

振り返った静蕾《ジンレイ》様は優しく微笑む。

その顔つきは、まるで子を想う母のように見えた。

「はい、すぐに。武術の稽古でお疲れだったようです」

「そうですか……。あれほど楽しみにしておられたのに、どうしてか落ち込んでいらっしゃいましたね」

「ええ。麗孝《リキョウ》様なら何かご存じでしょうか？」

二人してせかせかと廊下へ向かい、見張りをしていた麗孝《リキョウ》様を捕まえる。私たちのただならぬ雰囲気に、彼は口元をやや引き攣《つ》らせた。

「麗孝《リキョウ》。紫釉《シュ》様が気落ちしておられます。一体何があったのですか？」

静蕾《ジンレイ》様に問い詰められ、後宮武官の長である麗孝《リキョウ》様もたじろぐ。話すまでは逃がしませんとばかりに迫った私たちに対し、彼は苦笑いで答えた。

「あぁ～、まぁ、皇族にはよくあることというか……」

「「よくあること」って何ですか!?」

天真爛漫で朗らかな紫釉《シュ》様があんなに落ち込むなんて。それを「よくあること」だなんて、一体どういうことなのか？

麗孝《リキョウ》様によれば、紫釉《シュ》様は馬に乗ったところまではとても楽しんでおられたそうだ。

二回目の乗馬に興奮し、もっと遠くに行ってみたいと言って武官らを困らせたとか。

「紫釉《シュ》様は、知っての通り皇帝だ。これまでに何度か顔を合わせたことで、側近候補の子どもたちと仲良くできてると思っていたんだが……」

側近候補の少年たちは、武術の稽古になった途端に紫釉《シユ》様を避け始めたらしい。

並んで飛んだり跳ねたり、走ったりする分には問題ないのだが、組手や体術の稽古になると紫釉《シユ》様に対してよそよそしくなったのだという。

「皇帝である紫釉《シユ》様に怪我をさせたり、機嫌を損ねたりしてはならぬと……？」

私の問いかけに、麗孝《リキョウ》様は腕組みをして深く頷《うなず》いた。

「前まではそうでもなかったんだがな。武術の稽古が始まるっていうことで、親が徹底的に言い含めたんだろう。紫釉《シユ》様に怪我をさせるな、って」

私にも覚えがある。

茶会の席で、まわりの女の子たちが私に気を遣って何も話さなくなってしまったことが何度もあった。

権力がある家に生まれた子は、誰もが味わうことになる疎外感。皇帝である紫釉《シユ》様は、五大家の生まれである私よりもさらに強い疎外感を抱いたのだろう。

「まだ五歳でもそうなのですね」

「子どもらの気持ちも、親の気持ちも理解はできますが……」

静蕾《ジンレイ》様も困った顔で眉根を寄せた。

紫釉《シユ》様の悲しげな顔を思い出すと、何とかしてあげたいと思った。けれど、これはあまりに根深い問題で、すぐに何かが変わるような話じゃないと誰にでもわかる。

う～ん、と頭を悩ませるがこれといった解決法は思い浮かばなかった。

「どうしたらよいのでしょうか……。私たちにできることがありませんね」

静蕾《ジンレイ》様がため息交じりにそう言った。

ところが麗孝《リキョウ》様は、いつものようにおおらかな笑顔を見せる。

「世話係は世話係として力になれることがある。こっちのことは俺たちが手を打つから、心配しなくていい」

もうすでに何か対策を用意してるってこと？

私はきょとんとした顔で麗孝《リキョウ》様を見る。そんな私に対し、彼は何か思い出したかのように提案した。

「そうだ、明日の武術の稽古を見に来ればいい。きっと面白いものが見られる」

「面白いもの？」

彼は自信ありげな笑みを浮かべていた。

「それは、紫釉《シュ》様が元気になられるということですか？」

「あぁ、多分な」

くくっと笑った麗孝《リキョウ》様は、意味深に私を見て言った。

「凛風《リンファ》は特に来た方がいい」

「私？」

一体どういうことなのだろう?

麗孝《リキョウ》様はそれ以上教えてはくれず、とにかく「明日を待て」と言い、「心配するな」とも言っていた。


そして、いよいよ翌日。

再び紫釉《シユ》様の武術の時間がやってきた。

裾を短くした長袍《チャンパオ》に黒いズボンを履き、底の柔らかい靴を履いた少年たちが緊張の面持ちで並んでいる。

少年たちは二十人ほどいて、いずれも五歳から八歳前後。見たところ、やはり紫釉《シユ》様に怪我をさせてはならぬという意識が強いらしい。

けれど、その中にたった一人、まったく緊張感などなく元気いっぱいの少年がいた。

「柳飛龍《リユウフエイロン》にございます! 六歳です! 強くなって、壁を走れるようになりたいです!」

「!?」

麗孝《リキヨウ》様に促された飛龍《フエイロン》は、大きな声で挨拶をした。その瞳はきらきらと輝いていて、とても楽しそうに見える。

なぜここに弟が……!?

紫釉《シユ》様のご様子を見に来たつもりが、まさか弟と会うことになるなんて……!

「視察のとき以来ですね？」

静蕾《ジンレイ》様が飛龍《フェイロン》を見てそう言った。

私は驚きのあまり、「ええ……」と力なく答える。

——カラン。

背後で何かが地面に落ちる音がして振り返ったところ、そこには木簡《もっかん》を落とした兄がいた。上級官吏の姿でやってきたのを見ると、蒼蓮《ソウレン》様からの遣いだろう。

その顔は呆気に取られていて、私と同じく「なぜここに弟が」という疑問が顔に書いてあった。

「あれは飛龍《フェイロン》だな？　見間違いではないな？」

「ええ、そのようです。あの、兄上も本当に何もご存じなかったのですか？」

「夕べは遅く帰って、今朝は早く出てきたから何も聞いてない。蒼蓮《ソウレン》様がこれを届けてこいとおっしゃるから来てみれば……、そういうことか」

私は、兄の足元に散らばった木簡をそっと拾っていく。目を通せば、生誕節の準備に関わるものではあるが急ぎではないものばかりだった。

なるほど、蒼蓮《ソウレン》様は飛龍《フェイロン》が来ているのを見せたくて、兄をこちらへ寄越したのだなと納得する。

「では、これは蒼蓮《ソウレン》様と麗孝《リキョウ》様が？」

うちの弟なら、あの緊張感の漂う集団の中で何かしらできると？

紫釉《シュ》様を、皇族として必要以上に特別扱いしないってこと？

不安げな目で麗孝《リキョウ》様を見るも、彼はとても楽しそうに子どもたちを見守っていた。

飛龍《フェイロン》は、近くにいた少年と一緒に「一、二、三、四……」と元気よく準備運動を始めている。

その生き生きとした顔はいいとして、どう見ても遊びの延長として捉えているのだろうなというのが伝わってきて、これからのことが恐ろしくなる。

「なるようになるでしょう。責任は麗孝《リキョウ》にあります」

「静蕾《ジンレイ》様、責任を取らなきゃいけないようなことが起こると暗に思っていますか？」

「……これは失言でしたね」

「いえ、視察の際の弟をご存じであればそう思われるのも仕方ありません。私もそう思います」

あのとき、飛龍《フェイロン》はよくわからない植物のツルを手にどろどろになって現れた。わんぱくぶりはひと目で伝わっているだろう。

これまで数々の教育係が弟をどうにかおとなしくさせようとしてきたが、こちらが根負けするような暴れっぷりで、父ですら早々に「官吏は無理だな」と見切りをつけたのだ。

「まさかここで繋がりを作れと……？」

父は飛龍《フェイロン》を武官にしようと思い、麗孝《リキョウ》様の提案を受け入れたのかもしれない。

柳《リュウ》家は右丞相を始め官吏を多く輩出してきた家柄であって、武官が所属する兵部《ひょうぶ》には影響力を持っていない。直系に限れば武官になった者はほとんどおらず、こうして飛龍《フェイロン》が顔を見せることは将来のために有利になるといえる。

「あぁ、間に合ったようだな」

「左丞相様!?」

しかも、ここで黎松華《レイソンホア》左丞相までがやってきた。

元最高位武官の彼がここへ来るなんて、うちの弟がどれほど注目を集めているのかと頭が痛くなってくる。

彼もまた、蒼蓮《ソウレン》様からここへ行くといいと言われたらしい。

「ははっ、あれが柳《リユウ》家の末弟か！　いくつだ？」

「六歳になりました」

「そうか！　随分と体格もいいし、力も強そうだ。これは面白い」

上機嫌の黎《レイ》左丞相は、飛龍《フェイロン》を気に入ったらしい。面白い、という言葉の中に含まれるあれこれは知りたくないような気もするが、今はただここからそっと見守ることしかできないのだ。

「大丈夫でしょうか……？」

誰に問うわけでもない疑問をぽつりと漏らす。

私たちは一抹の不安を抱えながら、紫釉《シュユ》様と飛龍《フェイロン》の様子を見守っていた。

「「せいっ！　やー！」」

少年たちの元気な声が鍛錬場に響く。体力づくりが主な目的とはいえ、腰あたりで構えた腕を何度も前に突き出すのはそれだけで疲労が溜まりそうだった。

飛龍《フェイロン》は側近候補たちの中で楽しそうにしていて、今のところ目立った動きはない。

「兄上、お戻りになられずともよいのですか……？」

恐る恐る尋ねる私。

兄は、飛龍《フェイロン》から少しも目を離さずに答えた。

「今、これ以上に大事なことがあるか？」

「ですよね」

柳《リュウ》家の威信がかかっているとまでは言わないけれど、少なくとも兄姉として弟が気になって仕方がない。忙しいはずの兄がここにいるのも、執政宮へ戻ったとしてもきっと職務に集中できそうにないからで……。

今のところ紫釉《シュ》様と飛龍《フェイロン》は離れた場所にいて、互いに黙々と稽古に励んでいた。

「では、次！　棍《こん》を持て！」

麗孝《リキョウ》様の合図で、少年たちはそれぞれの背丈くらいの木製の棍を手にする。黎《レイ》左丞相によれば、棍は武官候補が最初に嗜《たしな》む武器なんだとか。

「普通の棒に見えますが、あれはどんな武器なのですか？」

静蕾《ジンレイ》様が不思議そうに尋ねる。確かに、普通の木の棒に布が巻いてあるようにしか見えず、あれで敵をどうにかできるものなのだろうか、と私も疑問に思った。

「基本的には槍と似ています。今彼らが持っているのは子ども用ですから細いのですよ。本物の棍はもっと柄が太く、槍よりも切り落とされにくい。それに、刀と違ってどこでも自由に持てるので、時には攻撃に、時には防御に使えて便利な武器なのです」

少年たちは、合図に合わせて棍を振り下ろしたり突き出したり、刀を防ぐ構えを取ったり……、様々な動きを続けて繰り返す。

ずっと動きっぱなしなので体力のない子から動きが鈍くなっていき、それぞれの個性や身体能力がわかりやすかった。

「紫釉《シュ》様もがんばっておいでですね」

「はい。本当にご立派です」

汗だくになりながらも、決して棍を振るのをやめない紫釉《シュ》様は、皇帝としてがんばらなければという強い意志を持っているように見える。

華奢《きゃしゃ》で儚《はかな》げな容姿からは想像もつかぬほど、力強いお姿だった。

静蕾《ジンレイ》様は、嬉しそうに目を細めて見守っている。

「燈雲《トウウン》様によう似ていらっしゃいます」

「そう思われるか、そなたも」

先帝様の側近だった黎《レイ》左丞相は、紫釉《シュ》様に目を向けたままかすかに微笑む。紫釉《シュ》様のお姿から、遠き日の主人を思い出しているのだろう。

「主君より長く生きるはつまらぬと思うておったが、こうして次の世代を見られるのはよきものだな」

それからしばらくの間、元気のいい少年たちの声が響いていた。

棍の稽古が終われば、それぞれの世話係の元で休憩となる。

夕べに引き続き明るいとは言えないお顔の紫釉《シユ》様だったが、私たちがここで見ているのに気づくと嬉しそうに駆け寄ってきた。

「今日は揃って見に来たのか？」

「はい、紫釉《シユ》様の励んでおられるところを見せていただこうと思いまして」

静蕾《ジンレイ》様がそう答えながら水を渡すと、紫釉《シユ》様はそれをごくごくと飲む。よほど喉が渇いていたようで、二杯の水をあっという間に飲み干してしまった。

「蜜漬けの果実がございます。お召し上がりください」

瓶に入った菓子は、疲れを取るのにいいらしい。厨房に用意してもらったそれを口にすると、紫《シ》釉《ユ》様は嬉しそうな顔に変わった。

そこへ、タタタ……と軽い足取りで飛龍《フェイロン》が走ってくるのが見える。

「姉上！」

およそ半年ぶりに会った弟は、背が伸びてますますハツラツとした顔つきになっていた。

駆け寄ってきた飛龍《フェイロン》を、本心では抱き締めてあげたい。

元気だった？　と尋ね、柔らかな髪をこの手で撫《な》でたかった。

でも、私は今や皇帝陛下の世話係だ。感情のままに動くことはできなかった。

弟を甘やかしたい気持ちを抑え、外向きの笑顔で返事をする。

「久しぶりですね、飛龍《フェイロン》」

右手でそっと弟を制し、あくまで「紫釉《シュ》様の世話係をしている姉」として接した。

飛龍《フェイロン》も何かしら察したようで、少し手前の位置でぴたりと立ち止まる。そして、思い出したかのように合掌と挨拶をした。

「……お久しぶりでございます。本日は武術の稽古に参りました」

言えた。きちんと挨拶ができた……！

きっと母上に仕込まれたに違いない。飛龍《フェイロン》の成長が堪《たま》らなく嬉しい。

私のそばにいる兄は、さきほどとは打って変わって落ち着いた様子に戻っていた。

「紫釉《シュ》陛下の御前だ。……今は梓叶《ズイェ》のところへ戻りなさい」

兄もまた、役人として振る舞う。

飛龍《フェイロン》の護衛兼世話役である梓叶《ズイェ》の方へ目をやると、その屈強な体軀《たいく》にふさわしい堂々とした姿でこちらを見守っていた。

「──わかりました」

「あぁ、また後ほど」

明らかに肩を落とす飛龍《フェイロン》を見て胸が痛んだ。でもそれ以上に、飛龍《フェイロン》もこれを機におとなたちの世界に慣れていかねばならないという気持ちもある。これもすべて、飛龍《フェイロン》のため。そう思って必死に我慢した。

ところが、ここで紫釉《シュ》様のお声がかかる。

「柳飛龍《リュウフェイロン》、構わぬ。ここにおれ」

「紫釉《シュ》様!?」

兄と私は、ぱっと振り返る。

休憩用の椅子に座った紫釉《シュ》様は、笑顔でこちらに手招きをした。

「しばらくぶりだな。我は覚えておるぞ」

視察の際に遊んだことを覚えていた紫釉《シュ》様は、特別にそばにいてもいいと許可をくださった。

飛龍《フェイロン》はしばらく目を瞬いていたものの、「あ」と呟き笑顔に変わる。

「シュウ様だ！　シュウ様ですね！」

嬉しそうな声は、「皇帝陛下」に向けられるものではなかった。まるで友人に会って喜んでいるみたいだ。

当然、半年ほど前に柳《リュウ》家にやってきた「シュウ様」が誰なのか、飛龍《フェイロン》もわかっている。それでも、純粋に再会を喜んでいるのが伝わってきた。

「シュウ様も武術の稽古に参加してたのですね！　気づきませんでした！」

一応、紫釉《シュ》様の周りは側近候補が並んでいて、大人が見ればどこからどう見ても序列ができていたのだが、飛龍《フェイロン》はそんなことお構いなしだった。

ここは同世代の少年たちが集まる稽古場、そうとしか思っていないらしい。

紫釉《シュ》様は、屈託のない笑顔で話す飛龍《フェイロン》を見てくすりと笑って言った。

「我は飛龍《フェイロン》の反対側にいたからな。見えなかったのであろう」

「はい、見えませんでした〜！」

天真爛漫な弟は、聞く人が聞けば「失礼な」とか、「陛下に何という無礼なことを！」などと怒り出しそうなことを言う。

でも紫釉《シュ》様は怒ることなく、和やかな雰囲気のまま会話を続ける。

「飛龍《フェイロン》も我のそばに来るか？」

「どうしてです？」

気を利かせて仲間に入るかと誘ってくださったのに、飛龍《フェイロン》はきょとんとした顔になる。

紫釉《シュ》様は、ちょっと反応に困っておられた。

「どう……？　えっと、一緒に稽古した方が楽しいと思うたのだ」

「う〜ん、でも強い男は端にいるのです」

「端……？」

飛龍《フェイロン》の言葉に、紫釉《シュ》様はこてんと首を傾《かし》げる。

その様子を見て、飛龍《フェイロン》は身振り手振りで説明した。

「えっと、全体が見える端にいるのが強い男だって梓叶《ズィエ》が……。とにかく端にいろと、言われました」

「端？」

「はい、端です」

梓叶《ズィエ》は、もしかすると飛龍《フェイロン》の行動範囲を最小限に抑えるためにそう言ったのでは……？

両側に人がいれば、両側の者と何かしら起こる可能性がある。けれど端にいれば、その可能性が単純に半分減る。「強い男は端から全体を見渡すのだ」と言えば、強さに憧れを持つ飛龍《フェイロン》はきっと言うことを聞くだろう。

さすがは梓叶《ズィエ》、生まれたときから飛龍《フェイロン》についているだけのことはある。

私と兄は、ほぼ同時に「あぁ……」と納得した。

紫釉《シユ》様はそれ以上追及することはなく、「そうか」と言った。

「では、誰かに負けて強い男でなくなったら我の近くに来ればいい」

「はい！」

いいの!?　そんな感じでいいのですか!?

二人の会話が不思議なところで嚙み合う。

「子ども同士の会話はよくわからぬな」

兄が思わずといった風に苦笑する。

二人はその後もたわいもない話をして、紫釉《シユ》様はご自分用の蜜漬けの果実を飛龍《フェイロン》に食べさせてもいた。二人でもぐもぐとそれを頬張る姿はとてもかわいらしく、こうしていると紫釉《シユ》様も普通の少年のようだ。

休憩時間はあっという間に過ぎていく。

「私たちが心配しすぎたようですね」

「そうだな」

ホッと胸をなでおろす私。兄姉がわざわざ揃って見守る必要はなかったのかも……。

ところが、稽古が再開して一対一での打ち合いが始まったとき、私たちは全員揃って顔面蒼白になり絶句した。

「えいっ！」

――ドンッ……。

鈍い音がかすかに聞こえ、飛龍《フェイロン》が突き出した右の拳が紫釉《シユ》様の腹に入る。

「うっ……！」

紫釉《シユ》様は痛みに顔を顰《しか》め、片膝をつく。これまで誰かに腹を殴られたことなどない紫釉《シユ》様は、痛みがどうというよりはただ驚いたというご様子だった。

麗孝《リキヨウ》様や護衛たちとの稽古とは違い、側近たちの遠慮がちな攻撃とも違い、普通に殴られたのだ。

こんなことは初めてで、戸惑っておられるようにも見える。

「痛い」

右手でお腹の中心を押さえると、紫釉《シュ》様はそう呟いた。

飛龍《フェイロン》はそんな紫釉《シュ》様の様子が珍しかったのか、目の前にしゃがみ込んでそのお顔を覗いた。

「え？　痛かった？　……お腹に、こういうの、入ってるのに？」

こういうの、とは防具のことだろう。指で宙に四角を描いた飛龍《フェイロン》は、不思議そうな顔で尋ねる。

「痛かった？　お休みする？」

「……痛くない」

紫釉《シュ》様は急に語気を強め、意地を張っている。

そのお顔からは、恥じらいや悔しさのような感情が感じられた。

「でも、痛いってさっき言った」

「痛くない！」

「痛くないの？」

「痛くない！　我はまだ負けてない！」

スッと立ち上がった紫釉《シュ》様は、麗孝《リキョウ》様に習った通りに構え直した。

飛龍《フェイロン》は「続けていいのかな？」と悩んだ様子で、ちらりと麗孝《リキョウ》様を見る。

「武術の稽古は痛いものだ。それに、紫釉《シュ》様が痛くないとおっしゃるのだから、続けてもいい」

平然とそう告げた麗孝《リキョウ》様は、止める気はないらしい。このまま続けてもう一度紫釉《シユ》様が殴られたら……と、私は気が気じゃなかった。

紫釉《シユ》様ががんばろうとするお姿はご立派だけれど、よりによって殴ったのが自分の弟ということがこれ以上にないほど複雑な気分にさせる。

「紫釉《シユ》様、大丈夫でしょうか？」

そもそも、同じ年とはいえ飛龍《フェイロン》は背が高く体格もいい。紫釉《シユ》様とは頭半分以上の身長差があり、手の大きさだって全然違う。生まれ月はそう変わらずとも、もともとの差があるのは歴然だった。

「どうかお怪我なされませんように……！　お心も傷つきませんように……！」

甘いと言われようが、紫釉《シユ》様には健やかでいてほしい。祈るような心地で二人の様子を見つめる。

――ボコッ！

ただし私の願いは通じず、飛龍《フェイロン》の蹴りが紫釉《シユ》様の腿に当たる。

紫釉《シユ》様は体勢を崩したものの、それでも負けじと飛龍《フェイロン》に向かっていった。

「あああ……紫釉《シユ》様……」

怖くて見ていられず、思わずぎゅっと目を瞑《つぶ》る。そこから先は目で見てはいないが、周囲で見守る人々の悲哀に包まれた雰囲気から「もうやめて」と祈るだけだった。

ようやく稽古が終わったとき、紫釉《シユ》様は見たことがないくらい汗だくになっていた。

早く汗を拭き、髪を整えなければ……と近づいた私たちは、左の人差し指の爪が割れていることにも気づく。

ああっ、愛らしい紫釉《シュ》様の指がこんなことに……！

その場に屈み、私はそっと小さな指に触れる。

「痛くないですか？」

血は出ていないし、怪我はしていないようで安心した。

紫釉《シュ》様は、静蕾《ジンレイ》様に差し出された冷たい手巾で頬を拭き、とても満足げな笑顔であっけらかんと言った。

「痛い！」

「痛いのですか⁉」

「痛い！　全身痛いし、疲れた！　あはははは」

「紫釉《シュ》様……？」

これは楽しめたということかしら？

ちらりと麗孝《リキョウ》様を見れば、あちらもまた満足げな顔をしている。

「我は楽しかった！　もっともっとがんばって、いつか勝てるようになりたい！」

艶やかな頬はいつもより赤く染まり、紫釉《シュ》様は興奮気味に見えた。この短い時間で、お心が随分軽くなられたように思う。

この日、紫釉《シユ》様はいつもより早くお休みになられた。

第二章　六歳の生誕節

早朝、執政宮に使いが現れた。

寄越されたのは、一通の文。蒼蓮《ソウレン》の兄、燈雲《トウウン》の母であり、紫釉《シユ》の祖母にあたる太皇太后《たいこうたいごう》からだった。

先々帝の皇后であった高愛玲《ガオアイリー》は、息子の燈雲《トウウン》を亡くした心労が限界に達し、王都より温かな地域で静養している。

文を目にした秀英《シュイン》は、自ら蒼蓮《ソウレン》の元へと運ぶ。

「皇太后様より、文が届いております」

以前の位の呼び名のまま告げれば、筆を走らせていた蒼蓮《ソウレン》の手がぴたりと止まり、その端正な顔立ちがわずかに歪んだように見えた。

「……そこに置いておけ」

今日の夕刻にこちらへ到着する。おそらくそのような内容だと、見なくてもわかる。律儀に文を届けてくるのは、執政宮の主である蒼蓮《ソウレン》への敬いと気遣いだった。

（私のことなど気にせずともよいのに）

再び手を動かし始めた彼は、視線を手元に落としたまま言った。

「秀英《シュイン》」

「はい」

「返事は任せる」

「なっ……！　一度くらいご自分で書いてはどうですか？」

これまでも、太皇太后《たいこうたいごう》への返事は秀英《シュイン》が代筆していた。

だが、こう何度も代筆では失礼にあたる。

当然、ずっと蒼蓮《ソウレン》のそばで仕えている秀英《シュイン》には、彼がなぜ自分で返事を書かないのか理由はわかるのだが、さすがに一度くらいは……と眉根を寄せた。

「そう避けずともよいではないですか。わざわざ報《しら》せを寄越すのは母心にございましょう」

「できれば存在を思い出したくない」

「またそのようなことを」

そっけない言葉。しかしその顔は、嫌がっているというよりは気まずそうに見える。普段は誰に遠慮することもなく、暴君ぶりを発揮している蒼蓮《ソウレン》がこんな顔をするのは太皇太后《たいこうたいごう》にだけだ。

彼女は、異母兄の母であって蒼蓮《ソウレン》と血のつながりはない。だが、その関係性は誰の目から見ても親子に近かった。

「紫釉《シユ》陛下の成長については、定期的に報告しているであろう？　今さら何を知らせることがある」

「それでも、太皇太后《たいこうたいごう》様はあなた様のご様子が知りたいのですよ」

秀英《シユイン》がそう嘆くと、蒼蓮《ソウレン》は押し黙った。

思い出すのは、兄が存命だった頃の太皇太后《たいこうたいごう》の姿。清らかで凜としたその雰囲気は、煌びやかな蒼蓮《ソウレン》の母・詩詩《シーシー》妃とは正反対だ。

十五歳で燈雲《トウウン》を産んだ太皇太后《たいこうたいごう》は、高《ガオ》家出身の気丈な姫で、愛憎渦巻く後宮においても穢《けが》れない正しき人だった。

彼女は詩詩《シーシー》妃から執拗な嫌がらせを受けていたが、その息子である蒼蓮《ソウレン》を嫌ったり排除したりはしなかった。

さぞ恨まれていることだろう。そんな風に思いこんでいた蒼蓮《ソウレン》に、ある日彼女は言った。

――あなたは陛下の子です。母が誰であろうと、それが幼子を憎む理由にはなりませぬ。

その瞳には言葉通り憎しみや侮蔑の感情はまるで含まれず、ただ蒼蓮《ソウレン》を哀れんでいるのが伝わってきた。

燈雲《トウウン》と蒼蓮《ソウレン》が隠れて会うのをよく思っていなかったが、それも二人しかいない皇子が同じ場所にいれば、ほかの妃が差し向けた刺客に狙われやすくなるからという警戒からで、彼女は蒼蓮《ソウレン》のことも守ろうとしてくれていた。

実の母にすら愛されなかった蒼蓮《ソウレン》は太皇太后《たいこうたいごう》に感謝はしているものの、理解できない不思議な人間だとも思っていて、今日まで接し方がわからずにいる。

「文すら返事が書けぬのに、会《お》うても何を話せと言うのだ」

自分たちを繋いでいた兄はもういない。

いっそ「なぜ死んだのはおまえでなく燈雲《トウウン》なのだ」と激情をぶつけてくれれば、こちらも割り切って付き合うことができたのに……とも蒼蓮《ソウレン》は思っていた。

それに、文に目を通せば後宮で育った頃の記憶がよみがえるような気がした。鬱々とした気分になりたくなくて、文を手に取ろうともしない。

沈黙の後、やはりいつもと同じことを秀英《シュイン》に告げる。

「お待ちしている、と書いておいてくれ。紫釉《シユ》陛下も楽しみにしていると」

「わかりました」

秀英《シュイン》は仕方がない人だと諦めて苦笑いし、一礼して下がっていった。

一人になった執政室で、蒼蓮《ソウレン》はふと思う。

(太皇太后《たいこうたいごう》も笛を嗜んでいたな……。兄上はまるで才がなかったが、紫釉《シユ》陛下が歌や演奏が好きなのは祖母譲りか)

窓の外に目をやれば、春霞が広がっている。木蓮の白い花が宮廷中を飾り立てているような風景は、生誕節にふさわしい華やかさだ。

ここから眺める景色は、兄が生きていた頃と変わらない。

（紫釉《シユ》陛下にも、木蓮の花を見せてやらねば……。あのふくふくとした頬を染め、きっと楽しそうに笑うのだろう。太皇太后《たいこうたいごう》は孫の成長した姿を見てどう思うのだろうか？）

燈雲《トウウン》が亡くなり三年、蒼蓮《ソウレン》の中で止まっていた時間が少しずつ動き出すかのように思えた。

■■■

朱色の梁《はり》に、金銀の飾り細工が煌めく豪華絢爛《けんらん》な後宮。

ある人はここを女たちの戦場と呼び、またある人は優美な檻《おり》だと言った。

かつては数え切れぬほどの妃や愛妾《あいしょう》が暮らした後宮に、まさかこのような穏やかな日々が来るとは誰も想像していなかったことだろう。

「凜風《リンファ》様、こちらにも見当たりません」

「どこにいったのかしら……？」

後宮にある宝物庫に来てしばらく経つが、護衛の藍鶲《ラングウ》の手を借りてまで捜している『笛』は一向に見つからぬままだった。

目の前には二胡や琵琶、笙《しょう》など数々の楽器が入った筒や箱が並んでいるが、そのどれも私の捜し物ではない。

「宮廷にも宝物庫がございますよね？　そちらでは？」

「そうかもしれないわね」

後宮で楽器が保管してあるのはここだけで、ここになければ宮廷だと言う藍鶲《ラングウ》の意見はもっともだった。

「笛が欲しいのでしたら、柳《リュウ》家から持ってまいります。凜風《リンファ》様がこのようなことをなさらずともよいのでは？」

藍鶲《ラングウ》は、私に早くここから出ろと言いたげだ。彼は護衛だから、このように物がたくさんある戦いにくい場所に長居して欲しくないのだろう。気持ちはわかるものの、私が捜しているのは蒼蓮《ソウレン》様の笛なのだから大目に見てもらいたい。

私は困り顔で笑って告げる。

「紫釉《シユ》様がね、蒼蓮《ソウレン》様が子どもの頃に吹いていた笛と同じものを吹きたいって。蒼蓮《ソウレン》様がおそらくここに置いてあるっておっしゃるから、こうして捜しに来たんだけれど……」

「子どもの頃の笛？　見つけたところで音が出ますかね」

藍鶲《ラングウ》の言う通り、今見つかってもおそらく音が出ないか音色が変わっていると思う。だから私は、笛を見つけてそれと似た色や形のものを新たに作るつもりでいた。

「見つけることに意義があるのよ」

「……はぁ」

よくわからない、彼はそんな顔で相槌を打つ。

私はにこりと笑って話をおしまいにした。

「今日はもう時間もないし、また宮女たちに手伝ってもらって捜すわ。ありがとう、藍鴉《ラングウ》」

ふと見れば、彼の右袖からほつれた糸が少しだけ出ている。きっとここで箱を開けたときに引っかけたのだろう。

私は何気なく近づくと、彼の袖に触れた。

「ここ」

「あぁ、これくらい別に」

彼は黒い下衣から細い小刀を出し、それですっと糸を切る。

破れていたら使用人に繕いを頼もうと思ったが、糸を切ってしまえば問題ないようだった。

「もう近頃は怪我してない？」

皮が固くなっている指先を見つめ、何気なくそんなことを口にした。

藍鴉《ラングウ》がうちに来たばかりの頃は、よく怪我をして泣いていたのが懐かしい。あれは紫釉《シユ》様くらいの年だったか？　今みたいに不愛想じゃなくて、喜怒哀楽がわかりやすかった頃の藍鴉《ラングウ》はかわいらしかった。

彼は、私の質問に苦笑する。

「怪我なんてしませんよ。もう十四です」

「ふふっ、そうよね。私の中で、あなたはいつまでも子どもみたいで……」

「その子どもに守られてるのはどなたでしょうか？　まさか後宮女官になられるなど思いもしませんでした」

そう言った藍鶲《ラングウ》の顔は、少し不満げに見えた。

護衛になってからはあまり感情を出さないこの子が、こんな表情をするなんて……。もしかして、と思った私は恐る恐る尋ねる。

「やっぱり私の護衛は不本意よね？　本当なら兄上の護衛をして、いずれ護衛頭になるはずだったのだから」

「っ！　そういうことでは」

次期当主の兄の護衛になるはずだった藍鶲《ラングウ》が、父の命令で私につけられたのは予定外のことだ。

嫡男の護衛と娘の護衛では、その重みが違う。

兄の護衛を務め、ゆくゆくは柳《リユウ》家の護衛頭へ……というのが藍鶲《ラングウ》たちにとっては一番の出世であり、ここに来たのは不本意だっただろうと薄々そんな気がしていた。

きっと驚いて、でも逆らうことはできず渋々了承したのだろう。それを思うと申し訳ない気持ちになる。

「父には、折を見て話しておきます。藍鶲《ラングウ》を兄上付きにするように、と」

ごめんねと言って眉尻を下げる私。けれど彼は、悲しげに目を伏せた。

「さぁ、戻りましょう」

私はそう言って踵を返す。

「……このままでよろしいのですか？」

「え？」

「こんなところに押し込められて、働かされて、それでよろしいのですか？」

振り向くと、藍鷂《ラングウ》が真剣な目でこちらを見ていた。私は彼の質問の意味がわからず、きょとんとしてしまう。

「一体何のこと？」

よろしいも何も、私は自分で選んでここに来たのだ。

働かされているだなんて思ったことはない。

「確かに秀英《シュイン》様は次期当主です。弱いから、守り甲斐もございます」

「うん、さらりと残酷なことを言ったわね？」

私の方が兄より弱いはずなんですけれど!?

藍鷂《ラングウ》の中で、兄はか弱い女人かまたはそれ以下の認識らしい。兄が知ったらさぞ落ち込むだろうな、と思った。

「私は……、柳《リユウ》家の護衛ですから命令とあれば秀英《シュイン》様と凜風《リンファ》様のどちらにつくのも本望です。どちらがいい、など思うたことはございません。ただ、心配なのです。凜風《リンファ》様は本来であれば良家の女主人となられるお方で、誰かにお仕えする方ではございませんから」

この子は、私が父にここへ無理やり押し込められたと勘違いしていた。

宮廷や後宮で流れている噂なんて否定する気にもならなかったが、こうも身近にいる護衛にまで勘違いされているとは……。

慌てて否定しようとしたところ、開けてあった宝物庫の入り口から低い声が割って入る。

「護衛を満足させるために、凜風《リンファ》に嫁げと申すか？」

振り返れば、薄紫色の長衣に黒の羽織を纏った蒼蓮《ソウレン》様がそこにいた。その目は藍鴇《ラングウ》に向けられていて、冷めた目をしている。

「蒼蓮《ソウレン》様」

いつもならこの時間は、執政宮で大臣らと謁見の最中だ。後宮に姿を見せるのは珍しい。

藍鴇《ラングウ》は私以上に驚き、でもすぐさま片膝をついて頭を下げる。

私のそばにやってきた蒼蓮《ソウレン》様は、その手に持っていた木製の箱をそっと手渡した。

「秀英《シュイン》から聞いた。笛を捜していると」

「え？　あ、はい」

「見つからぬであろう？　昔から私の物はよく無くなるからな」

「……それはまた悲しいことで」

誰かが持ち去っているということだろうか？

光燕《コウエン》一と称される美貌の蒼蓮《ソウレン》様だから、組紐などが無くなることは頻繁にあるのだという。

「さすがに笛まで無くなるとは予想外だったが、ないものはない。放っておけ」

「よろしいのですか？」

思い出の品ではないのかしら。あまりに慣れたご様子に、些《いささ》か不安になってしまう。

けれど蒼蓮《ソウレン》様は明るく笑って言った。

「あまり厳しく取り締まれば、今度は思い余って命まで狙ってこぬとも言い切れん。適当にエサを与えておくのがよいと、兄上が言っていた」

気にするな、と付け加えた蒼蓮《ソウレン》様は私の肩にそっと手を置く。

手渡された箱の中には笛が納められていて、紫釉《シユ》様に代わりにこれを……とのことだった。

そして、じっと頭を下げたままの藍鷚《ラングウ》を見下ろして静かに告げる。

「そなた、いくつだ？」

「十四にございます」

藍鷚《ラングウ》の緊張感が私にも伝わってきた。蒼蓮《ソウレン》様に叱責されると思っているのだろう。

私も固唾《かたず》を飲んで二人を見守る。

「凛風《リンファ》は己の意志でここにいる。おまえがどう思おうが、これが凛風《リンファ》の選んだ道だ。主人に理想を押し付けるな」

「……はい」

しんと静まり返った空間は、藍鶲《ラングウ》でなくとも息が詰まるような心地になった。

「あの、蒼蓮《ソウレン》様。そろそろ戻ろうと思うておりましたので、もう……」

そっとその袖を引く私に、彼はいつも通りの様子で答える。

「わかった。共に戻ろう」

「はい。ありがとうございます」

ちらりと藍鴗《ラングウ》に視線を送る。

彼は一礼し、すぐに扉から出て行った。

私たちも後に続き、誰もいない湘子殿《ショウシデン》の廊下を並んで歩く。

「…………」

気まずい。とても気まずい。

別に何を気にすることもないのだけれど、沈黙が気まずく思えた。

すると、蒼蓮《ソウレン》様が先にぽつりと口を開く。

「すまぬ。そなたの前で……」

「え？」

蒼蓮《ソウレン》様が謝るようなことはなかったはず。

さきほどまでの威圧感のあるお姿とは異なり、どこか落ち着かないご様子だった。

「恐ろしくはなかったか？」

「はい？」

「そなたや紫釉《シュ》陛下の前では控えているつもりだが、さきほどはつい」

右手で口元を覆い、気まずそうに目を逸《そ》らす蒼蓮《ソウレン》様。私の前で藍鴉《ラングウ》を叱責したことを悔やんでいるようだった。

えーっと、なぜそんなことに……？

私は目を丸くする。

「蒼蓮《ソウレン》様のことを恐ろしいとは思いませぬ。藍鴉《ラングウ》が思い違いをしていたことは事実ですし、理不尽に叱ったわけではないと思いますが？　それに……」

これが私の選んだ道だと言ってくださったのは嬉しかった。

蒼蓮《ソウレン》様は、私を正しく理解してくれている。

私を世話係に任じたのも蒼蓮《ソウレン》様だし、許嫁なのだから当たり前といえば当たり前なのだけれど、きっぱりと口にしてくれたことは嬉しいと思った。

「私は好きでここにいますから。身近な存在である藍鴉《ラングウ》には知っておいてもらいたいです」

笑顔でそう言うと、蒼蓮《ソウレン》様もまた優しく目を細める。

「それにしても蒼蓮《ソウレン》様が私の反応を気になさるなど……意外です」

「そなたのことは別だ。陛下とそなたにだけは嫌われとうない」

「えっ」

笛の箱を落としそうになった私は、急いで箱を持ち直す。

蒼蓮《ソウレン》様は、動揺する私を少し恨めしそうな目で見た。

「好いた女に好かれたいと思うのは普通のことだが？」

「ふ、普通でございます、か？」

次第に頬が熱くなってくるのがわかる。

いけない、こんなことで舞い上がっては……！

不意打ちで好いた女と言われ、しかも豪気なこの人から嫌われたくないだなんて言葉が聞けるとは思わなかった。

自分がいかに特別に想われているか実感して、喜びと同じくらい恥ずかしさが込み上げる。

「どうした？」

「いえ、その」

何と返事をしたらよいものか。

きっと赤くなっている顔を見られたくなくて、私は片方の袖で顔を隠す。

立ち止まった蒼蓮《ソウレン》様は、大きな手で私の手を退けようとする。

「何を……」

お願いだからそっとしておいて。そんな気持ちで見つめるも、蒼蓮《ソウレン》様はまじまじと私の顔を見てからクッと笑った。

「そのような顔をされるともっと困らせたくなる」

「っ!?」

今すぐ逃げよう、そう思ったが遅かった。

一瞬のうちに唇が重なり、悲鳴にも似た声が小さく漏れて消えていく。

こんなところを誰かに見られたら……!

びくりと肩を震わせた私に、蒼蓮《ソウレン》様は囁《ささや》いた。

「人払いはしてある」

「さ、さようで……」

「護衛はその辺りにいるがな」

「いるんじゃないですか……!!」

狼狽える私をその腕で抱き締めた蒼蓮《ソウレン》様は、楽しそうに笑っている。

私の方は、衣につけてある香《こう》のかおりが鼻を掠《かす》め、心臓が勢いよく鳴っていて落ち着かないというのに。

抱き締め返すこともできず、ただ腕の中に囚われてじっとするしかなかった。目を閉じてしまえばよけいにこの方の熱が回ってくるようで、抗《あらが》いがたい幸福感を抱く。

「――あと四年か」

耳元でぽつりと聞こえた声。返事を求めるわけでもないそれは、やけに切なく感じられた。

夜の後宮は静やか。

采和殿《サイカデン》は煌々と灯りに照らされ、その外観が幻想的な雰囲気を醸し出している。

私は紫釉《シュ》様の寝所で二胡を弾いた後、自分の部屋で二胡の手入れを行っていた。そこへ、二人の客人がやってくる。

「桜綾《ヨウリン》？　藍鴣《ラングウ》？」

扉を開けると、そこにはいつも通りの笑顔を見せる桜綾《ヨウリン》と、その隣で神妙な面持ちの藍鴣《ラングウ》がいた。

なぜこの二人の組み合わせ？

意表を突かれて一瞬反応が遅れたが、ここでは人目につくので二人を中へと招き入れる。

「どうしたの？」

二人の顔を交互に見て尋ねれば、まず桜綾《ヨウリン》が口を開いた。

「髪洗いから帰ってきたら、廊下でお会いしまして……。藍鴣《ラングウ》さんが、凜風《リンファ》様にお話があるということで一緒に参りました」

「まぁ、それは付き添いをありがとう」

護衛といえど、この時間に彼が私の部屋を訪れるのは外聞が悪い。それが職務に関係のないことであればなおさらだ。だから藍鶲《ラングウ》は、桜綾《ヨウリン》に付き添いを頼んだのだろう。

桜綾《ヨウリン》は気を利かせ、「私はあちらにおりますので……」と衝立《ついたて》の向こう側で待っていてくれる。

私は藍鶲《ラングウ》に座るよう促したが、彼は「どうかこのままで」と言って立ったままだった。少し開けてある窓から流れてくる風が、藍鶲《ラングウ》の白金髪をさらりと揺らす。黙っていると異国から来た美少女みたいで、とても腕利きの護衛には見えない。

「それで、どうしたの？」

さきほどまで座っていた椅子に腰かけた私は、少し落ち込んでいるように見える藍鶲《ラングウ》に笑顔で尋ねた。

彼はまっすぐに私を見て、真剣な声音で口を開く。

「——今日のことです。蒼蓮《ソウレン》様に言われたことを考えておりました」

宝物庫での叱責は、藍鶲《ラングウ》の気持ちに変化を与えたらしい。

頷く私に、彼は深々と頭を下げ謝罪した。

「申し訳ございませんでした」

その態度からはかなり反省したのだと伝わってくる。

私はわかってくれればそれでいいと告げ、頭を上げるよう促した。

「もういいわ。私が自分の意志でここにいるってわかってくれたのなら、それで」

藍鶲《ラングウ》は、私が無理強いされているのではないかと心配してくれたのだろう。勘違いだったけれど、その気持ちは嬉しい。

「あなたは、私が仕方なく紫釉《シユ》様の世話係をしているって思っていたのよね？」

その問いかけに、彼は静かに頷いた。

「お父上の野心のために、皇帝陛下付きになられたのだと思っていました」

「そう」

「俺は、この見た目を嫌わないでくれた柳《リユウ》家の方々に恩義を感じています。なれど、気持ちが強すぎるゆえに間違えてしまったようです」

藍鷊《ラングウ》は、柳《リユウ》家の中でしか生きられない。

どれほど見目が麗しかろうが、血筋を重んじるこの国ではどうしても差別を受けることになる。目立つ白金髪を真っ黒に染めたとしても、それは変わらないだろう。

彼がまだ小さかった頃、よく庭先で泣いていた。稽古がつらいと、家族に会いたいと寂しがっていた幼い藍鷊《ラングウ》の姿を思い出す。

窓辺で二胡を弾いていると、庭にいた彼は少し離れたところで地面に座ってそれを聞いていた。

私は藍鷊《ラングウ》の稽古が終わる時間になると、よく二胡を弾いたものだ。

「俺はずっと一人でした。でも、柳《リユウ》家に来てからは楽しいこともたくさんあって、ここでもう少しがんばろうって思って今日まで生きてこられたのです。凜風《リンファ》様には、誰より幸せになってもらいたくて……。光燕《コウエン》の家に嫁いでもらいたかった」

ぎゅっと拳を握り締めた藍鶲《ラングウ》は、少しだけ悲しげな目をしていた。

私は黙って彼の話に耳を傾ける。

「でも、蒼蓮《ソウレン》様に言われて気づいたんです。そういうことは全部、俺が想像できる範囲の幸せでしかなかったと……」

「うん、そうね。私もここに来るまではそう思っていたから、あなたの気持ちはよくわかる」

光燕《コウエン》では『女人の幸せはよき家に嫁ぎ、お家のために尽くすこと』とされている。

尼にでもならぬ限り、それは貴族であっても平民であっても同じである。私は五大家の娘として、よい家に嫁ぐために様々な教育を受けてきた。

「今の私は、世間からすれば普通ではないのでしょう。父に道具として扱われる憐れな娘に見える、というのもわかります。でも、私はここへ来て後悔したことは一度もないの。ずっと紫釉《シュ》様にお仕えしたいと思うくらい、幸せなの」

笑顔でそう告げれば、藍鶲《ラングウ》は少しだけ微笑んだ。

「ただ、俺はまだ凜風《リンファ》様がなぜそこまで女官をやりたいのかわかりません。だから、これからおそばにいて知りたいと思いました。どうか、それをお許しください」

律儀にも許しを得ようとする藍鶲《ラングウ》は、叱られた子どもみたいでちょっとだけかわいらしく見える。

私が「ダメだ」なんて言うはずがないのに……。

「ふふっ、こちらこそよろしくね。藍鶲《ラングウ》がそばにいてくれたら心強いわ」

「ありがとうございます」

藍鶲《ラングウ》は、無表情なりにどこかすっきりした雰囲気に変わっていた。それを見ると、私もホッとする。

その後、藍鶲《ラングウ》に桜綾《ヨウリン》を送るように告げ、また静かな時間が戻ってくるのだった。

ところが――


翌朝、異変が起こった。

朝餉の時間の少し前、兄が藍鶲《ラングウ》を伴って私の元へやって来たのだ。

「あの……？」

「新しい宮女だ」

「宮、女？」

桜綾《ヨウリン》たちと同じ臙脂《えんじ》色の衣は、確かに宮女たちの衣だ。

ただし、それを纏っているのが藍鶲《ラングウ》だというのが違和感しかない。

「俺……、じゃなかった私が頼んだのです。宮女として凜風《リンファ》様のそばにいたいと」

「なぜ!?　どうしてそんな発想に!?」

いや、何となくはわかるけれど！　護衛として陰から見守るより、近くにいた方が私の仕事や暮らしぶりがよくわかるってことでしょう!?

狼狽える私を見て、兄が冷静に言った。

「私はよいと思うぞ？　凜風《リンファ》付きの宮女としてそばに張り付いていた方が、少しの違和感も見逃さずにおまえを守れるだろう？」

「今のこの状態に違和感があるのですが……⁇」

そこは無視ですか？

私は、信じられないものを見る目を兄に向ける。

兄はいたって冷静で、さしたる問題ではないかのように笑って言った。

「そうか？　藍�《ラングウ》のこの姿を見て、男と気づく者はおらぬだろう。どう見ても愛らしい宮女だ」

「それは、そうですけれど」

艶のある髪、整った顔立ち、透き通るような白い肌。

兄の言う通り、どこからどう見ても愛らしい宮女だ。

「蒼蓮《ソウレン》様もよいとおっしゃった」

「えっ」

「紫釉《シユ》様に仕える者が足りているとは言い難いし、藍鴒《ラングウ》が増えれば単純に人手が増える」

「はぁ……」

「藍鴒《ラングウ》が凜風《リンファ》に邪《よこしま》な気持ちを抱かぬうちは許す、ともおっしゃった」

「はい!?　そんなことがあるわけ……！」

藍鴞《ラングウ》も深く頷いている。

彼の私への気持ちは、柳《リュウ》家への忠誠心であって恋情ではない。蒼蓮《ソウレン》様もそのあたりは理解してくださっていて、だからこそお許しいただけたのだと思うけれど……。

あっけらかんと話す兄を見ていると、私があれこれ言うのも違う気がしてきて、もうここは流されてしまうのがいい？

「蒼蓮《ソウレン》様が寛容だと喜ぶべきでしょうか？」

再び藍鴞《ラングウ》を見れば、彼はじっと私を見つめて言った。

「よろしくお願いいたします」

曇りなき眼差しに負けた私は、宮女に扮した護衛と共に働くことになるのだった。

第十七代皇帝陛下である紫釉《シユ》様は、明日六歳をお迎えになる。

「おはようございます、紫釉《シユ》様」

「あぁ、おはよう。静蕾《ジンレイ》、凜風《リンファ》」

朝が弱いところは依然として変わらないものの、近ごろではますます学問や武術にご興味が深くなり、毎日楽しそうな笑顔でお過ごしだった。

お世話係になったときは何もかもが初めてのことで時間がかかっていたけれど、私もこの一年で成長し、紫釉《シユ》様の髪を結うのも得意になった。

艶やかでさらさらの黒髪を梳《す》いていると、紫釉《シユ》様が嬉しそうに話しかけてくれる。

「紫釉《シユ》のために贈り物がたくさん届いておると、昨日栄《エイ》殿から聞いたのだ。皆が我のことを祝ってくれていると」

せっかくきれいにまとまっていたところだったが、半分ほど振り返ったことで右側からはらりと髪が流れ落ちる。

「はい、生誕節が近いのでたくさん贈り物がきておりますよ」

私は手早く紫釉《シユ》様の髪を指ですくうと、高い位置で一つに結んで簪をつけた。

鏡の前でそれを確認した紫釉《シユ》様は、いつものようにぴょんと椅子から飛び降りる。

そして紫釉《シユ》様は朱色の寝衣をさっと脱ぐと、静蕾《ジンレイ》様が手にしていた黄色の衣に袖を通し、少年皇帝らしい姿に整えられていく。

「大きくなられましたね」

着替えを手伝う静蕾《ジンレイ》様は、ときおりこうして嬉しそうに目を細める。

生まれたばかりの頃から紫釉《シユ》様を見守ってきた彼女にとっては、堪らなく幸せを感じるひとときなのだろうなと思った。

大きくなったと言われた紫釉《シユ》様は、誇らしげな顔になる。

「もう六歳であるからな！　六歳は何でもできるのだ！」

「はい、そうでございますね」

私はお二人の様子を見守りながら、微笑ましい気分になった。

ちょうどそこへ、桜綾《ヨウリン》が扉から顔を覗かせる。

「朝餉のお支度が整いました。蒼蓮《ソウレン》様もお越しにございます」

「わかった！」

紫釉《シユ》様は目を輝かせ、朝餉の席へと向かう。

部屋の片づけは宮女たちに任せ、私と静蕾《ジンレイ》様は紫釉《シユ》様の後を追った。廊下に出れば、麗孝《リキヨウ》様をはじめとした武官らが勢ぞろいで出迎える。

「「おはようございます、陛下」」

「うむ、今日もよろしく頼むぞ」

皇帝らしい振る舞いと、トタトタと鳴る軽い足音が何とも言えない不釣り合いな印象で、そこがまた愛らしい。

朝餉の席に着くと、待っていた蒼蓮《ソウレン》様が立ち上がり一礼する。

「おはようございます、紫釉《シユ》陛下。本日もごきげん麗しゅうございます」

薄緑色の衣に黒い羽織というお姿の蒼蓮《ソウレン》様は、長い黒髪を右側で一つに結んでいて、いつもと違ってゆるりとした雰囲気だった。

にこりと微笑んだそのお顔は、まるで天女のごとき神々しさ。宮女たちが息を呑んだまま倒れかかり、私たちは慣れた所作で速やかに戸を閉めた。

「おはよう、蒼蓮《ソウレン》。なぜ今朝は髪を上で留めておらぬのだ?」

紫釉《シュ》様はじっと叔父の顔を見つめてそう尋ねた。

席についていて向かい合ってからも、まじまじと観察するように蒼蓮《ソウレン》様を眺めている。

「それが……、髪を切ろうと思うたのですが、秀英《シュイン》に止められまして」

髪結いの者を呼ぶのが面倒になった蒼蓮《ソウレン》様は、自分で切ろうとしたらしい。

ところが、今にも目が落ちるかと思うほど目を見開いて驚いた兄に止められ、しばし待てと言われたそうだ。

「朝餉の後には、秀英《シュイン》がその者を連れてくるというので、このような姿で来ました」

「そうか……。蒼蓮《ソウレン》、あまり秀英《シュイン》を驚かせてはならぬぞ? かわいそうだ」

「ははっ、秀英《シュイン》はもうずっとこの蒼蓮《ソウレン》に仕えております。これしきのことではへこたれませんので、大丈夫ですよ」

「そうなのか?」

「はい」

爽やかな笑顔の蒼蓮《ソウレン》様。

兄は確かにへこたれないだろうけれど大変だな……、と私は密かに思った。

「蒼蓮《ソウレン》は自分でうまく髪が切れるのか？」

紫釉《シユ》様が尋ねる。

「ええ、それなりに。昔は自分で切っておりましたので。成人してからは、さすがにほかの者の手を借りておりますが」

皇族である蒼蓮《ソウレン》様は、日常のすべてを専属の者に任せるのが普通だ。

けれど、他者を近づけたがらない性格なので、直属の部下や使用人はほとんどいない。

着替えも髪結いも自分でするそうだが、本来であればそれはいけないことなのだ。

「私は二番目の皇子でしたから、何かと自由だったのでございますよ」

「ふぅん」

紫釉《シユ》様は、不思議そうな目で蒼蓮《ソウレン》様を見ていた。

自分とは随分違うのだな、と思っているのが伝わってくる。紫釉《シユ》様は生まれたときから周囲に数多《あまた》の人がいて、「自由」の意味すらまだおわかりにならないはず。

ただし、蒼蓮《ソウレン》様がおっしゃった「自由」もその言葉通りの意味ではなく、その実は忘れられた皇子として放置されていたのだ。

ときおり皇族らしからぬ言動をなさるのは、そういった生い立ちのせいなのだとわかる。

「あぁ、そういえばいよいよ明後日から生誕節ですね」

過去のことを幼子に聞かせるにはまだ早いと思っている蒼蓮《ソウレン》様は、さりげなく話題を移す。

「昨年より木蓮の花が早く咲き始め、まるで天までが紫釉《シユ》陛下の生誕節を祝うかのようだと尚書《しょうしょ》らが話しておりました」

「我のために花が咲いたのか？　あとで我も見に行きたい」

目を輝かせる紫釉《シユ》様は、蒼蓮《ソウレン》様の言葉に心を躍らせる。

蒼蓮《ソウレン》様は愛《いと》おしそうに目を細め、笑って言った。

「執政宮の裏手は特に見事に咲いておりますよ。官吏に案内させましょう」

「蒼蓮《ソウレン》は一緒に行かぬのか？」

ちらりと伺うように尋ねた紫釉《シユ》様は、一緒に来て欲しいけれど直接は言えないという風に見え、まるで父を慕う子のように思えた。

私もできることならお二人で一緒に……と思ったが、残念ながら蒼蓮《ソウレン》様はこれから生誕節の催しの確認や報告会などがあるとおっしゃった。

「あいにく、夜中まで予定が詰まっておりまして」

「そうか……」

紫釉《シユ》様は見るからに落胆し、椀を手にしたまま黙り込む。

それを見た蒼蓮《ソウレン》様は少し困った顔で、同じく黙ってしまった。

見かねた静蕾《ジンレイ》様が、ついに助け舟を出す。

「紫釉《シュ》様、明日の宴の際に少々であれば花を愛でる時間がございます。その際に、蒼蓮《ソウレン》様にもご一緒願うのがよろしいかと」

「真《まこと》か？」

顔を上げた紫釉《シュ》様は、期待を込めた目をしていた。静蕾《ジンレイ》様が笑みを浮かべて頷けば、また和やかな雰囲気になる。

「蒼蓮《ソウレン》、明日なら一緒に行けるか？」

「はい、宴のときはずっと紫釉《シュ》陛下のおそばにおりますから、共に参りましょうか」

「うん！」

紫釉《シュ》様は、ぱっと花が咲いたように明るい笑顔になり、椀の中に残っていた野菜を食べるのを再開する。

「明日はおばあ様も我に会いに来るのであろう？　ならば、三人で一緒に行くのだ！」

「――え？」

一瞬にして蒼蓮《ソウレン》様の顔色が変わる。嫌がっているのか、困惑しているのか、とにかく気が進まないというのは伝わってきた。

紫釉《シュ》様のおっしゃる『おばあ様』は、燈雲《トウウン》様のお母上だ。蒼蓮《ソウレン》様とは血のつながりがないから、もしかして気まずい間柄なのだろうか？

私は今回初めてお会いすることになるのだけれど、とても素晴らしい人だとは聞いている。紫釉《シュ》様もご記憶にはないそうで、おばあ様がお見えになるのをとても楽しみにしておられた。

紫釉《シユ》様からすれば、大好きな蒼蓮《ソウレン》様と太皇太后《たいこうたいごう》様と三人で花を見たいと思うのは当たり前なわけで……。

「どうしても三人でなければなりませぬか？」

「我は三人がいい！」

きっぱりと言い切られ、蒼蓮《ソウレン》様が渋々といった様子で折れた。さすがの蒼蓮《ソウレン》様も、かわいい甥の願いは無下にできぬらしい。

にこにこ顔の紫釉《シユ》様は、満足げに朝餉を終えられた。


「おかえりなさいませ、太皇太后《たいこうたいごう》様」

日暮れまでまもなくという頃になり、立派な馬車が数台連なって後宮のそばに停まった。迎えに出ていた私たちは、女官と宮女合わせておよそ百人。静蕾《ジンレイ》様を先頭に、皆で揃って挨拶をする。

太皇太后《たいこうたいごう》様は療養という名目で黒陽《ヘイヤン》を離れているので、このたびの訪問は「一時的に戻ってきた」という扱いになるそうだ。

「出迎えありがとう。久しぶりですね、静蕾《ジンレイ》」

馬車から下りてきたのは、深みのある赤と黒の襦裙《じゅくん》がよく似合う、絹の靴を履いた上品な女性。灰色の髪は肩より少し長いくらいで、金色の小さな飾りで上品に纏められている。

太皇太后《たいこうたいごう》様は今年で四十九歳になられ、その白い肌からは長らく外出しておられぬ様子がひと目でわかり、紅を乗せていてもお顔色がよいとは言えないご様子だった。

ただし、そのお声や立ち居振る舞いは堂々たるもので、さすがは皇后として後宮をまとめ上げていた女性だと感服するものがある。

「皆は変わりないですか？」

「はい、息災でございます」

女官らの顔を見回した太皇太后《たいこうたいごう》様は、満足げに微笑む。ところがここで、ふと私の存在に目を留めた。

「そなたは？」

「昨年より陛下のおそばに上がりました、柳凜風《リユウリンフア》と申します」

「柳《リユウ》？　あぁ、そうですか、あなたが漢美玲《ハンメイリン》の……」

じっと私を見つめるその目からは、驚きと納得のどちらも感じられた。

なぜここで母の名が出てくるのだろう？

私が名乗れば、たいていの人は「右丞相の娘」と真っ先にそう思い浮かぶのに。父よりも母の名が先に出てきたことは初めてで意外だった。

「太皇太后様《たいこうたいごう》、どうぞ中へ」

静蕾《ジンレイ》様に声をかけられ、太皇太后様《たいこうたいごう》は笑顔でそれに応じた。

紫釉《シユ》様のおられる采和殿《サイカデン》へと向かう二人の後を追い、私たちもずらずらと列をなして移動する。

「紫釉《シユ》様はもう六歳ですか……。きっと賢くご立派なお子に成長なさっていることでしょうね」

太皇太后《たいこうたいごう》様が懐かしそうに目を細め、静蕾《ジンレイ》様に話しかける。

「はい。とても聡明でお優しい方に育っておられます」

その返答に嬉しそうに微笑んだ姿は、太皇太后《たいこうたいごう》という女性の最高位である方というよりは孫を慈しむ祖母という雰囲気だ。まだ言葉も話せない頃のお姿しか知らぬとおっしゃる太皇太后《たいこうたいごう》様は、紫《シ》釉《ユ》様に会えるのをとても楽しみにしているようだった。

よかった。

紫釉《シユ》様が再会を待ちわびておられたから、太皇太后様《たいこうたいごう》も同じお気持ちだと伝わってきて嬉しくなる。

「こちらです」

漆黒の床に金銀の煌びやかな装飾が施された謁見の間は、私が後宮女官になったときに初めて紫《シ》釉《ユ》様にお会いした場所だ。

玉座で嬉しそうに目を輝かせる紫釉《シユ》様は、黄色の正装に冕冠《べんかん》をつけた少年皇帝らしいお姿で太皇《たいこう》太后《たいごう》様と対面した。

「お目にかかれて光栄でございます。皇帝陛下」

かつては後宮の主人だった方が、恭《うやうや》しく挨拶を行う。

紫釉《シュ》様はすぐにでも家族として親しく話がしたいお気持ちを押しとどめ、皇帝陛下としてのお役目をまっとうする。

「太皇太后《たいこうたいごう》、高愛玲《ガオアイリー》殿。よう参られた。滞在中は不自由なきよう、手を尽くすと約束しよう」

高く愛らしい声が、前もって決めてあった言葉を発する。

それは太皇太后《たいこうたいごう》様もわかっているはずで、けれど感動を噛み締めるように深く目を閉じて喜んでおられた。

滞在期間は二十日ほど。お二人にとって楽しい時間を過ごしてもらいたいと思った。


夜になると、蒼蓮《ソウレン》様をはじめ二人の丞相や大臣らも交え、太皇太后《たいこうたいごう》様との会食が開かれる。

私と静蕾《ジンレイ》様は、紫釉《シュ》様の後ろに控えてご様子を見守っていた。

陛下の生誕節前夜ということで、どこもかしこも華やかな雰囲気に飾り付けられ賑やかだ。ここに並ぶ器や細工物は雹華《ヒョウカ》様が作ったもので、これらもすべて生誕節のために一から考えて生み出されたものだという。

皆が紫釉《シュ》様を大切に想う気持ちが集まっていて、盛大な祝宴が行われた。

太皇太后《たいこうたいごう》様は紫釉《シユ》様の隣に座り、その向かい側には蒼蓮《ソウレン》様と二人の丞相が座っている。

蒼蓮《ソウレン》様は長い黒髪を高い位置で一つに纏めて結い上げていて、賓客を迎える際に着る菫《すみれ》色の礼服姿でいつもより近づきにくい雰囲気が漂っている。そのお美しさがさらに洗練されたものに感じ、男女に関わらず見惚れるほどだ。

もっとも、ご本人は周囲からの視線など気にするそぶりもなく平然としておられる。

「息災ですか、蒼蓮《ソウレン》様」

会食の途中、紫釉《シユ》様とのお話が途切れたとき、太皇太后《たいこうたいごう》様が優しい笑顔で尋ねた。酒を飲んでいた蒼蓮《ソウレン》様は器を置き、「はい」とだけ答える。

「……そうですか」

「はい。変わりなく」

そのやりとりを見ていると、蒼蓮《ソウレン》様が初めて紫釉《シユ》様と朝餉を共にした日のことを思い出した。

太皇太后《たいこうたいごう》様は、何か話したいことがあるのに言い淀んでいるように見える。一方で蒼蓮《ソウレン》様はなるべく会話を切ろうとしていた。

二人の様子を見て、紫釉《シユ》様はきょとんとした顔になっている。子どもながらに何か感じ取っているのだろう。

ちらりと父の顔を見れば、黎《レイ》左丞相と何やら言葉を交わしていて、我関せずという雰囲気だった。

気まずい空気が漂う中、紫釉《シユ》様が無垢《むく》な瞳を蒼蓮《ソウレン》様に向ける。

「蒼蓮《ソウレン》」

「どうかなさいましたか？」

「おばあ様に笛の音を聞かせたい。よいか？」

「もちろんです」

こちらを一瞥する蒼蓮《ソウレン》様。私は宮女から笛を受け取り、紫釉《シユ》様の元へと運ぶ。梅の花や雲の絵が描かれているこれは、雪梅《シユエメイ》妃の形見の笛だ。

紫釉《シユ》様はときおり笛を練習しては皆に聴かせてくれて、今では何曲も吹けるくらいに上達した。

「まぁ……！　紫釉《シユ》様はもう笛を嗜まれているのですね」

「だんだん上手になっておると皆が褒めてくれるのだ」

そう言うと、紫釉《シユ》様は得意の曲を披露した。鳥たちが空を飛び回る様子を思わせるこの曲は、子どもたちが笛を習うと最初に覚える楽曲だ。

太皇太后《たいこうたいごう》様も蒼蓮《ソウレン》様も、懸命に笛を吹く紫釉《シユ》様の姿に愛おしげに目を細める。小さな指で音孔《おんこう》を押さえ、ゆっくりとした音色を奏でるお姿は本当にかわいらしい。

公の場でなければ、「お上手です！」と手を叩いて褒めたくなるくらいだった。

「なんと愛らしい音色でしょう。さすがは紫釉《シユ》様ですわ」

太皇太后《たいこうたいごう》様に褒められ、紫釉《シユ》様はへへっと照れ笑いを浮かべる。

「蒼蓮《ソウレン》が子どもの頃に使っていた笛も、今捜してもらっておるのだ。これよりも高い音が鳴るらしい」

「そうですか。笛にも人にもそれぞれに良さがございますので、色々と楽しめるとよいですね」

「うん！」

ここで、太皇太后《たいこうたいごう》様が何かひっかかるように小首を傾げる。

「………笛？　捜しているというのは、見つかっておらぬということですか？」

その問いかけに答えたのは蒼蓮《ソウレン》様だった。

「宮廷の宝物庫か、はたまた失くしてしまったか。見つからねばそれまでです。紫釉《シュ》陛下のための笛も新たに作らせておりますので、そちらが完成する方が早いかもしれませぬ」

「そうですか……。紫釉《シュ》様の笛を聞くと、心が安らかになりました。ぜひこれからも続けてくださいませ」

太皇太后《たいこうたいごう》様のお言葉に、紫釉《シュ》様は満面の笑みで頷く。

それからもたわいもない会話が続き、太皇太后《たいこうたいごう》様と紫釉《シュ》様はかなり仲良くなられたご様子だった。

宴はいつもより早く終わり、太皇太后《たいこうたいごう》様は先に宮へと戻っていく。宮までは麗孝《リキョウ》様が付き添い、女官らも一斉にここを離れていく。

紫釉《シュ》様は何度も手を振ってお見送りし、すっかり懐いておられた。

「おばあ様とたくさんお話しできてよかったですね」

「うん！　おばあ様は我に会いたかったと申しておった。我も会いたかったと言ったら喜んでくれたのだ！」

「まぁ、それはようございました……！　明日も元気なお姿を見せて差し上げてください」

「そうだな！」

これほど愛らしい紫釉《シユ》様をご覧になれて、太皇太后《たいこうたいごう》様もさぞ喜ばれただろう。

嬉しそうに報告してくれる紫釉《シユ》様がかわいくて、私も笑顔になった。

「ふぁ……」

はしゃぎ疲れたらしく、紫釉《シユ》様が目に涙を浮かべてあくびをする。

そろそろ就寝時間だ。私たちは采和殿《サイカデン》へ戻り、紫釉《シユ》様がぐっすり眠れるように香を焚《た》いて寝所を整えた。


翌朝。ついに紫釉《シユ》様の六歳の生誕節が始まった。

首都黒陽《ヘイヤン》の街では今日から十日間に渡り様々な催しが行われ、宮廷には陛下のお姿を一目見たいと思った貴族たちが長い列をなし、彼らは黒陽《ヘイヤン》に籍を持つ者に留まらず、遥《はる》か遠い地を治める豪族諸侯まで様々だ。

皆が纏う色は、祝いの赤。

健康長寿、魔除《まよ》けの色として重宝される赤を基調とし、金や紫などを差し色にした衣装を纏った人々が続々と詰めかけ宮廷を埋め尽くしていく。

「此度は誠におめでとうございます」

最初に挨拶に現れたのは、私の父である右丞相・柳暁明《リュウシャオミン》と母の漢美玲《ハンメイリン》、そしてまだ幼い弟妹である。

飛龍《フェイロン》と翠蘭《スイラン》は揃いの髪飾りをつけ、並んで合掌している。その姿が微笑ましく、見ているだけで笑顔になった。

「うむ、めでたい。我と共にこれからも光燕《コウエン》を支えてくれ」

紫釉《シユ》様は、堂々とした態度であらかじめ決めてあった言葉を告げる。柳《リュウ》、李《リ》、高《ガオ》、朱《シュ》、蔡《ツアイ》という順番で、五大家すべてに対し同じ言葉をかけると決まっているらしい。

父たちが退室した後、李《リ》家の当主となった李睿《リルイ》様や弟君らが現れた。昨年は波乱に見舞われた李《リ》家だが、家を継いだ睿《ルイ》様の奮闘により少しずつ落ち着きを取り戻してきているそうだ。

国のためとはいえ、実父の行いを正そうと決意した睿《ルイ》様がどれほどお心を痛めたのか。家族を第一に、という教えは私たちの思想に深く根付いているとわかる分、自分が彼の立場だったとして父を訴えることができるか……？

その凜々しいお姿を見ていると、本当にご立派な方だとしみじみ思う。皮肉にも、私を彼に嫁がせようとした父は慧眼《けいがん》の持ち主だったのだ。

その後、高《ガオ》、朱《シュ》、蔡《ツァイ》の各面々が紫釉《シユ》様の御前にやってきて、私が皇后選定の儀で会った幼い娘たちの顔を久しぶりに見ることができた。

一年前より皆少し大きくなっていて、私と目が合うとにこりと微笑んでくれる。

あぁ、覚えていてくれたんだ。あのとき以来、姿を見ることもなかったのに……。

胸が温かくなるのを感じた。

五大家の挨拶が終わっても、まだまだ紫釉《シユ》様への祝いの言葉は続く。謁見の間の中央で跪《ひざまず》いた貴族たちは、御簾《みす》の向こう側にいる小さな影を前に恭しく頭を下げた。

「此度は誠におめでとうございます」

「うむ、めでたい」

彼らが皇帝陛下から頂戴できるのは、そのたった一言。高くかわいらしい声を耳にした貴族たちは、皆一様に感嘆の息をつき、そしてすぐにその場を次の者に譲る。

こうして祝いの言葉を述べる機会をもらえるだけで一族末代まで語られる栄誉であり、そのためなら彼らは金銀財宝を祝いの品として差し出す。

光燕国《コウエン》の民にとって、皇帝陛下は龍の末裔《まつえい》として崇《あが》める神聖な存在だということを改めて思い知らされた。

「此度は誠におめでとうございます」

「うむ、めでたい」

「此度は誠におめでとうございます」

「うむ、めでたい」

謁見の間では、もう何度目かわからない同じやりとりが続いている。

朝からずっと同じ言葉を言い続ける紫釉《シュ》様は、忍耐強くそのお役目を果たされていた。

これは大人でもつらい。

皇族としての教育を受けているとはいえ、六歳の少年にはなおさら過酷だ。

世話係として見守ることしかできないのが歯がゆい。

ご自分の生誕節なのに、どうしてこのような苦行に耐えねばならぬのか？

これでも陛下の年齢に配慮して拝謁に制限をかけているのだと、兄は言っていた。成人後はどれほどの数を相手にしなくてはいけないのか……と、今から先が思いやられる。

ようやく最後の一組が去った後、ずっと下ろされていた御簾が上げられ、紫釉《シュ》様は「ん〜」というお声を発し、両手を上げて大きく伸びをなさった。

「紫釉《シュ》様、ようがんばられました」

「うん、我もそう思う……」

ふぅと大きく息をついた紫釉《シュ》様は、静蕾《ジンレイ》様から水を受け取りごくごくと飲み干す。

「次は何だ？」

「お召替えをして、宴の席へと向かいます」

「わかった」

トタトタと軽い足音を立て、紫釉《シュ》様は謁見の間を後にする。

廊下を歩いていると、見事な木蓮の花がたくさん咲いているのが見えた。大ぶりの白い花びらは見ているだけで幸せな心地になり、自然に口角が上がる。

「紫釉《シュ》様、あちらに……」

木蓮の近くに、高《ガオ》家の当主が家族と共にやってきていた。

ご当主は太皇太后《たいこうたいごう》様の兄であり、紫釉《シュ》様の側近候補の高堅《ガオシャオ》少年の祖父である。一家は紫釉《シュ》様に対し恭しく頭を下げ、挨拶を交わした。

「紫釉《シュ》陛下、さきほどはご立派な君主ぶりでございました」

穏やかな笑顔のご当主は、孫を見る優しい眼差しを紫釉《シュ》様に向ける。

「皆で花を見ていたのか？　今年は特に大きい花が咲いたと官吏たちも喜んでおる」

「はい。私はもうじき息子にすべてを譲りますので、春のこの景色も見納めでしてなぁ」

「そうか。それは淋しいな」

紫釉《シュ》様は、眉尻を下げてそう言った。

それを見たご当主は、ははは と朗らかに笑ってみせる。

「毎年のように新しい花が咲き、実がなります。世の中はそうなっておりますゆえ、私がおらぬようになってもこの堅《シャオ》が代わりに紫釉《シュ》陛下のおそばにおりますよ」

祖父にそう言われた彼は、少しはにかむようにして頷く。

紫釉《シュ》様も静かに頷き、そして笑顔を見せた。

ご当主は私や静蕾《ジンレイ》様のことも一瞥し、「それでは」と言って去っていかれた。一瞬ではあったけれど、「紫釉《シュ》陛下をどうか頼みます」というような温かな眼差しを向けられる。

きっとあの方は宮廷を、この国を愛しておられたのだろう。

私にとっては、これから紫釉《シュ》様のおそばでその治世をお支えするというまだまだこれからの時期ではあるが、代替わりして去っていかれる方もいるのだと思うと感慨深い。

「同じ花を愛でても、その心の中にある思いは人それぞれなのですね」

来年もまた、ここでこうして花を見たい。

穏やかな気持ちでそう願った。


紫釉《シュ》様の生誕節は、恙なく執り行われた。

街は夜でも煌々《こうこう》と光が灯り、人々は賑やかな雰囲気に包まれている。

生誕節四日目の今日、紫釉《シュ》様はさすがにお疲れが出たのか早めに寝所へ向かった。

私はいつものように、二胡で緩やかな曲を奏でる。

しばらく弾いていると、とろんとした目の紫釉《シュ》様がふと思い出したように尋ねた。

「なぁ、凛風《リンファ》。蒼蓮《ソウレン》とおばあ様は仲良うないのか？」

三人で散歩に行くのだと張り切っていた紫釉《シユ》様は、望み通り木蓮の花を見ながら歩く時間を取れた。けれど、紫釉《シユ》様を介してしか会話しようとしない二人に違和感を持ったらしい。

「仲良うない、ということはないと思いますが……」

何とも言えない空気が漂っているなと私も思った。ただ、実の親子ではないという間柄を知っていれば、仕方のないことだろうと理解できるわけで。

何度か蒼蓮《ソウレン》様と目が合ったけれど、彼は少し気まずそうに笑うだけで何もおっしゃらない。二人きりならまだしも、人目がある場で私が何か尋ねることもできなかった。

「父上の母上がおばあ様で、蒼蓮《ソウレン》の母上はまた別の人で、難しいから仲良うないのか？　二人とも我のことは好きだと言うのに、なぜ仲良うせん？」

無垢な瞳に何と返してよいものか？

私は困った顔になる。

「お二人には色々な想いがあるのでしょう。それはお二人にしかわかりませせぬ」

「そういうものか」

「はい。残念ながら」

お役に立てずすみませんと謝る私に、紫釉《シユ》様はおっしゃった。

「我は皆に仲良うして欲しい。凛風《リンファ》、おばあ様に頼んできてくれぬか？」

「えっ？　私が、ですか……？」

頼むって一体何をどんな風に!?

驚きで目を瞠《みは》る私に、紫釉《シユ》様は縋《すが》るような目で訴えかける。

「おばあ様はもうしばらくしたら帰ってしまうであろう？　我はもう一度蒼蓮《ソウレン》とおばあ様と三人で一緒にいたいのだ。皆で仲良う、家族というものをやってみたい」

「紫釉《シユ》様……」

あぁ、そうか。紫釉《シユ》様は聖典に書いてあるように『家族を大切にする』ということをしてみたいのだ。大神《ターシエン》教の聖典を学ばれるようになってしばらく経つから、その教えとご自身のことを照らし合わせて色々と思うところがあったのだろう。

哀しいかな、少年皇帝という稀有《けう》な存在ゆえに聖典の内容が当てはまらないことが多い。それで紫釉《シユ》様は……。

「わかりました。明日、太皇太后《たいこうたいごう》様にお食事のお誘いをしてみましょう。蒼蓮《ソウレン》様のご予定も確認いたします」

「うん！　頼むぞ！」

すっきりした表情の紫釉《シユ》様は、掛け布を握って首元までしっかり覆うと深く瞼を閉じた。二胡の伸びやかな音色が寝所に広がり、紫釉《シユ》様の白い頬が次第にほんのり染まっていく。

「皆で仲良うできるといいですね」

寝息を立てるお顔は格別に愛らしく、私は演奏が終わった頃合いでその安らかな寝顔を見つめる。

柔らかな手の甲にそっと触れ、念じるようにしてから寝所を出た。

第三章　笛の在り処は

翌朝、私は静蕾《ジンレイ》様に紫釉《シユ》様をお任せし、太皇太后《たいこうたいごう》様がいらっしゃる宮へと向かった。紫釉《シユ》様からのお誘いを伝えるために。

宮女の姿でついてきた藍鷁《ラングウ》は、少し不満げだ。

「わざわざ凜風《リンファ》様が向かわずとも、宮女に頼めばよいのでは」

「紫釉《シユ》様のお願いを、誰かに任せるなんてできないわよ」

それに、私も太皇太后《たいこうたいごう》様に直接お会いしてみたかったというのもある。

芍薬《しゃくやく》の花が咲くのを横目に見ながら、太皇太后《たいこうたいごう》様がおられる宮へと到着した。

「皇帝陛下付き女官、柳凜風《リユウリンファ》と申します。陛下より文とお誘いを預かってまいりました」

対応してくれたのは、太皇太后《たいこうたいごう》様の女官である楊春玉《ヤンシユンユー》様。三十年以上にわたり付き従っている、最も古参の女官だそうだ。

彼女は私が持ってきた紫釉《シユ》様からのお誘いの文を見て、まだつたない文字に「かわいらしいお誘いですこと」と目を細める。

好意的なその反応を見て、私は太皇太后様《たいこうたいごう》のご様子について確認した。

「太皇太后様《たいこうたいごう》のお体の具合はいかがでしょうか？　祝宴続きでお疲れが出ておられるのではと案じております」

あの細いお体では、移動だけでも大変だっただろう。

祝宴では平然となさっていたものの、それ以外はまったく宮から出ておられないと聞いたので心配だった。

楊春玉《ヤンシュンユー》様は「どうぞ」と言って私を中に招き、少し困ったような声音で話し始める。

「少し休めば平気だとおっしゃるのですが、私たちも心配で……。太皇太后様《たいこうたいごう》はいつでも気丈に振る舞われますので、あまり休めていないのではと思います」

「まぁ」

しかもここ数日、太皇太后様《たいこうたいごう》のお力添えをいただきたいという官吏や貴族が文を寄越すのだとか。

彼らに共通するのは、いずれも蒼蓮《ソウレン》様によって粛清を受けたり厳しく咎《とが》められたりしている、ということだった。

「太皇太后様《たいこうたいごう》のお力添えがあれば、蒼蓮《ソウレン》様に対抗できるとでも思うておるのでしょう。当然、こちらはすべて断っております。お体のことがなくても高家《ガオ》は中立で、しかも国が乱れるようなことに手を貸すことはできませぬ」

「……お気持ちお察しいたします」

女官の立場からすれば、主人に心労をこれ以上かけないでくれと憤るのがよくわかる。楊春玉《ヤンシュンユー》様の口ぶりからは、それがひしひしと伝わってきた。

「まったく、昔よりは随分と平和になったと聞いておりましたが、未だに本質は変わらぬのですね。宮廷とは真に醜いところですこと。思い出したら腹立たしくて、つい甘い物に手が伸びてしまいますの」

「わかります」

「まったく、そのせいで私がこれ以上ふくよかになったらあの者たちのせいだと呪いの札でも送ってやろうかしら!?」

楊春玉《ヤンシュンユー》様は相当に怒っているらしく、ふんっと鼻息荒く怒りを露《あら》わにした。まさかの呪いの札が出てくるとは、と私はくすりと笑ってしまう。

そのとき、ちょうど廊下の向こうから艶やかな青の衣を纏った太皇太后《たいこうたいごう》様が姿を見せた。

「ふふっ、あなたはいつも賑やかですね。陛下の女官に呆れられますよ」

「たっ、太皇太后《たいこうたいごう》様……！　これは失礼を」

慌てて謝る楊春玉《ヤンシュンユー》様。私も急いで頭を下げる。

「紫釉《シユ》陛下からの文にございます」

楊春玉《ヤンシュンユー》様の手から文を受け取った太皇太后《たいこうたいごう》様は、かすかに口角を上げた。そして、私に向かって「どうぞ」と笑顔で言い、奥を指し示す。

客間かと思いきや、そこは太皇太后《たいこうたいごう》様が滞在中に私室として使用しているお部屋だった。

「私はここで」

藍鷁《ラングウ》は部屋には入らず、廊下で待機すると言う。楊春玉《ヤンシユンユー》様は一礼して下がり、私は太皇太后《たいこうたいごう》様と二人きりになった。

豪奢《ごうしゃ》な部屋なのにやけに寂しい雰囲気で、それに人がほとんどいない。最小限の女官や世話係しか連れてきていないのか、とそのお人柄を勝手に解釈していると、椅子に座った太皇太后《たいこうたいごう》様が口を開いた。

「わざわざ文を持ってきてくれたのですね、助かります」

「恐れ入ります」

「……静かでしょう？　連れてきた女官は五人だけです。皇后だった頃はその十倍はおりましたが、娘たちが増えると諍《いさか》いを防ぐのも大変ですので、少ない方がよいのですよ」

ふふっと笑ったそのお顔は、祝宴のときとは違い随分と穏やかなものだった。

「文を読ませてもらいますね」

「はい」

太皇太后《たいこうたいごう》様は細くしなやかな指でそっと文を開き、中に目を通していく。

「もうこれほどまでに字が書けるのですか……」

「はい。紫釉《シュ》様は学問がお好きにございます」

「そう。燈雲《トウウン》はよく逃げ出していたのに、紫釉《シユ》様は優秀でございますね。先が楽しみです」

文を閉じず、開いたまま机の上にそれを置く。視線はずっと愛らしい文字に向かっていて、孫を想うお心が伝わってきた。

「蒼蓮《ソウレン》様とお食事を、ですか。私としたことが、紫釉《シユ》様にお気を遣わせてしまいましたね」

体調に不安があるのだろうか？

それとも、何か気まずいことでもあるのか？

黙って言葉を待っていると、ふと顔を上げた太皇太后《たいこうたいごう》様が私に向かって問いかけた。

「美玲《メイリン》は元気にしておりますか？」

突然そう尋ねられ、私は驚きつつも返事をする。

「はい、変わらずにおります」

「そうですか。昔、何度か話をしたことがあります。あなたの姿は、若い頃の美玲《メイリン》によく似ているわ」

懐かしげにそう言う太皇太后《たいこうたいごう》様は、私の姿をまじまじと見つめて昔を思い出しているようだった。

「いつだったか、宴の席で柳《リユウ》右丞相殿に言い寄る踊り子がいたのです。隣に妻がいるのに堂々と……」

「まぁ、そのようなことが」

皇族以外は一夫一妻、決まりはあっても権力や財力目当てに言い寄る女人は多いと聞く。

だから、そういう話も意外性はないけれど……。

「ふふっ、美玲《メイリン》はその者に対し『そなたは喉元を掻《か》き斬られる覚悟はあるのか？』と尋ねたのです」

「!?」

想像以上に母は過激だった。

あぁ、でも理由はわかる。母は騎馬民族の出だから、浮気は絶対に許さない。

あちらの法では、伴侶を奪われた者は、その奪った相手に対して非道の限りを尽くしてもよいということになっている。報復は権利であり、正当な行いなのだ。

父に言い寄った踊り子は、さぞ驚いただろう。

「ちなみにそのとき、父は……？」

「右丞相殿は豪快に笑うておりました。我が妻は頼もしいだろう、と自慢げに」

太皇太后《たいこうたいごう》様は、くすりと笑って言った。

「そのとき、私は胸がスッといたしました。同時に、うらやましくもあったのです」

「うらやましい？」

不思議そうに尋ねた私に、太皇太后《たいこうたいごう》様は笑って頷く。

「私はずっと、陛下の不実を笑って流してきました。どれほど陛下が目移りしようと、私は皇后として決して動揺してはならぬと。器の大きな妃を演じてきたのです。――そうすることでしか、己の誇りを守れなかった」

太皇太后様《たいこうたいごう》の表情に、少しだけ陰が落ちる。その目は寂しげだった。

今の後宮は平穏そのもので、私には昔の後宮がどんな風だったのか想像もつかないけれど、きっと思い出すのも苦しくなるようなことがたくさんあったのだと伝わってくる。

私が悲しげに眉尻を下げたのに気づき、太皇太后様《たいこうたいごう》はあえて笑みを浮かべて言った。

「そんな美玲《メイリン》の娘が陛下の世話係になったと聞いたときは、とても驚きました。しかも蒼蓮様《ソウレン》が直々《じきじき》に任命したと……。一体どのような娘なのかと気になっていたのですよ」

「光栄にございます」

「ふふっ、先日の祝宴で、蒼蓮《ソウレン》様が紫釉《シュ》様だけでなくあなたのことも見ていたように思いました。二人は親しい仲なのですか？」

「っ!?」

いつの間にそんなところを見られていたのだろう？

心臓がどきんと大きく跳ね、今にも逃げ出したい気持ちになる。

太皇太后《たいこうたいごう》様の目は、試すようでいてからかっているようにも見える。おそらくこの方は私と蒼蓮《ソウレン》様のことを確信しているのだ。

「そのようなことはございません」

ここであっさり認めることはできなかった。

私は無理やり笑みを作り、どうにかごまかす。

「蒼蓮《ソウレン》様は皇族で最高位執政官でございます。親しい仲など恐れ多く存じます」

必死で平静を装う私を見て、太皇太后《たいこうたいごう》様もふふふと笑う。

うん、これはからかわれていますね？

悪い人ではなさそうだけれど、愛憎渦巻く後宮でその半生を過ごした方に対抗できるわけがなく、私はひたすら微笑んでやり過ごすしかなかった。

すると、太皇太后《たいこうたいごう》様はさらに質問を重ねる。

「蒼蓮《ソウレン》様は、相変わらずですか？」

「相変わらず、とは？」

「日々どのようにお過ごしか、右丞相殿や柳秀英《リユウシユイン》殿から聞いてはおりませんか？」

一体何と答えればいいのだろう？

普通に考えれば、一介の女官がそんなことを知っているはずがない。たとえ私が柳《リユウ》家の娘であっても。

「後宮女官になってからは、父や兄とはあまり話す機会もありません。それ以前から、蒼蓮《ソウレン》様については何も……。お役に立てずすみません」

そう言って謝る私を見て、太皇太后《たいこうたいごう》様は「いいの」と言って首を振った。

「よいのです。あなたは何も言わぬのでしょう、それくらいわかります」

五大家の娘で、陛下付きの女官がそんなに口が軽いと困るという意味も含まれているだろうか？

それは当たっていて、たとえ何か知っていたとしても私に話せることは何一つなかった。

「ごめんなさいね、ちょっと聞いてみたかっただけなの。あなたは私を知らぬから、つい」

「？」

再び文に視線を落とした太皇太后《たいこうたいごう》様は、そっと指でそれをなぞる。

「紫釉《シュ》様と蒼蓮《ソウレン》様と食事など、私がそのような幸せをいただいてもよいのでしょうか？」

「どういう意味でしょうか……？」

「私はここから逃げ出しました。すべてを蒼蓮《ソウレン》様に押し付けて」

その言葉は、懺悔《ざんげ》のように聞こえた。

息子を亡くして心と体に不調をきたし、療養することは逃げたと批難されるようなことなの？

私にはそう思えなかったけれど、太皇太后《たいこうたいごう》様は深い後悔を抱いていた。

「紫釉《シュ》様がこれほど大きくなられたということは、それほどに年月が経ったということ。私は太皇《たいこう》太后《たいごう》でありながら、強くあり続けられませんでした。きっと蒼蓮《あの子》もつらかったでしょうに」

「太皇太后《たいこうたいごう》様……」

「私はずっと、正しくあらねばと思うてきました。なれど、それは間違いだったのです」

皇后として常に正しくあろうと思っていた太皇太后《たいこうたいごう》様は、増え続ける皇妃や愛妾たちに対しても平等に接してきたつもりだったそうだ。けれど、蒼蓮《ソウレン》様のお母上である詩詩《シーシー》妃が後宮入りしたことで均衡が崩れ、妃たちの諍いは激化したという。

「蒼蓮《ソウレン》から、詩詩妃《シーシー》について聞いておりますか？」

「……いえ、特には」

「詩詩妃《シーシー》はその美貌で瞬く間に陛下のお心を摑《つか》みました。二胡や柳琴《りゅうきん》が得意で、舞も見事なものでした。彼女をひと目で気に入った陛下は、ほかの妃よりも詩詩妃《シーシー》を特別に扱うようになっていったのです」

蔡《ツァイ》家という五大家の中では力の弱い家の出身でありながら、まるで皇后のように振る舞う姿は多くの妃から恨みを買い、太皇太后《たいこうたいごう》様も何度か諫《いさ》めることがあったとか。

「私は耐えました。陛下の寵愛が長く続かぬことは、私が誰より知っていましたから」

予想通り、詩詩妃《シーシー》が子を身ごもったことで陛下は彼女のことを話題にも上げなくなったそうだ。

当然のように渡りはなく、また別の妃に入れ込むようになっていったという。

好色とは聞いていたけれど、まさかそこまでとは……。

飽きたら次へ、を繰り返すその所業には話を聞いているだけで嫌悪感が募る。

「詩詩妃《シーシー》は次第に心を病み、その憎しみは燈雲《トウウン》へ向かいました。燈雲《トウウン》がいなければ、蒼蓮《ソウレン》が皇帝になれると本気で思っていたのでしょう。蒼蓮《ソウレン》をかわいがることもないのに皇帝になれだなど……。私はあらゆる手を使い、二人を守りました。ただ、詩詩妃《シーシー》のことは……」

自由奔放に振る舞っていた頃の詩詩妃《シーシー》に「つまらない女」と言われたことがあったそうだ。太皇《たいこう》太后様《たいごう》は正しくあろうとしてきた自分の誇りを傷つけられた気がして、ずっと許せずにいたと話す。

「私は病んでいく彼女を、おらぬ者として扱いました。見て見ぬふりをしたのです。でも、燈雲《トウウン》が皇帝となり、蒼蓮《ソウレン》が官吏としてその治世を支えると決まった日……。詩詩妃《シーシー》は塔にのぼり、なぜ我が子が皇帝になれぬのだと叫びながら身を投げました」

元より苛烈な性格だった詩詩妃《シーシー》。蒼蓮様《ソウレン》が母をどのように思っていたかはわからないが、彼の口から母君の話が出てくることはなく、私も深く聞いたことはなかった。

聞かぬ方がよいこともある、そんな気がしていたから。

けれど、太皇太后様《たいこうたいごう》から語られた話は私の想像を遥かに超える凄惨な内容で、思わず身が竦《すく》むような心地になった。

「私はずっと悔いていました。皇后は妃たちを束ねる立場です。詩詩妃《シーシー》ともっと話をしていればあのような事態にはならなかったのでは、と」

「そのようなことは……」

「私は、燈雲《トウウン》のために蒼蓮《ソウレン》を生かそうとしました。二人が決して敵対せぬよう、蒼蓮《ソウレン》にこちらの正しさを説き、いかに詩詩妃《シーシー》が間違っているかを教え、兄を支えるよう言い含めたのです。なれど、そのせいで蒼蓮《ソウレン》は母の死を聞いても涙すら流しませんでした。あの子の中では、とうに母などいなかった。奪ったのは私なのだと気づかされました」

苦悶の表情を浮かべながら、太皇太后様《たいこうたいごう》は私を見つめる。

「あの子から母を奪った私が、今さら紫釉《シュ》様と三人で家族の真似事などできるわけがありません……。蒼蓮《ソウレン》が私を避けるのも当然です。すべてを蒼蓮《ソウレン》に押し付けてここから逃げておきながら、気まぐれに戻ってくるなど……」

まるで悲鳴のように聞こえる言葉が痛々しくて、私は思わず太皇太后《たいこうたいごう》様の傍らに膝をつき、その背を撫でる。

長い間、ずっと後悔に苛《さいな》まれてきたのだと思うとあまりにおかわいそうで涙が滲《にじ》んだ。

後宮という狭い世界で、皇帝陛下の愛に翻弄される暮らしは苦しすぎる。

正しくあろうとしたのは、そうでなければ正気を保っていられぬような苦境にあったからなのかもしれない。

「紫釉《シュ》様が望むのなら、家族としての時間を持って差し上げたい。なれど、蒼蓮《ソウレン》は……」

この生誕節にも、本来なら出席しないつもりだったという。けれど、体調が回復してきたことで欲が出たのだと太皇太后《たいこうたいごう》様はおっしゃった。

「会いたかったのです、たった一人の孫に。会いたかったのです。……蒼蓮《ソウレン》に」

涙ながらに吐露するお姿には、初めて会ったときの凛とした強さは見る影もなく、とても弱弱しい方に思えた。

その手を握ると、折れそうなほどに細い。けれど、ぬくもりは確かに伝わってきて、柳《リユウ》家の母を思い出した。

「太皇太后《たいこうたいごう》様、どうか泣かないでください」

この方は、燈雲《トウウン》様のために蒼蓮《ソウレン》様を生かそうとしたとおっしゃったけれど、間違いなく蒼蓮《ソウレン》様のことも我が子のように愛しておられる。

傷つき、悔い悩むほどに想っておられる。

私はそれが嬉しかった。

「太皇太后《たいこうたいごう》様。蒼蓮《ソウレン》様は、強いお方にございます。この国を、紫釉《シュ》様を導いてくださる、とてもご立派で頼もしい方にございます」

他人にもご自分にも厳しい方だけれど、優しいところもある。愛情表現が不器用なところもあって、風変わりな人ではあるものの、それでも蒼蓮《ソウレン》様は尊敬できる方だと思う。

そんな蒼蓮《ソウレン》様に育てたのは、太皇太后《たいこうたいごう》様と燈雲《トウウン》様なのだ。

「私は蒼蓮《ソウレン》様を尊敬しておりますし、人として好きでございます。今の蒼蓮《ソウレン》様でいてくださって、ありがたいと思うております」

太皇太后《たいこうたいごう》様が、ご自分のせいだと責めるようなことは何もない。蒼蓮《ソウレン》様ご自身が過去に折り合いをつけ、前を見据えて生きておられるのだから……。

「蒼蓮《ソウレン》様は、ときおり燈雲《トウウン》様のことを私に話してくださいます。今でも、兄君のことが大好きなんだと思います」

「……あの子が？」

先帝様のことを語る蒼蓮《ソウレン》様のお顔は穏やかで、そこにあるのは悲しみだけではない。兄君からどれほど愛されて育ったのか、私に伝わるくらいに兄弟仲はよいものだったのだろう。

「蒼蓮《ソウレン》様は、誰のことも恨んでなどおられませぬ。太皇太后《たいこうたいごう》様のことも……」

紫釉《シユ》様と距離を置いていた頃のように、接し方がわからぬだけなのでは。

「あの方は光燕《コウエン》を愛しておられます。紫釉《シユ》様を守ろうとしておいでです。それは、あの方のご意志にございます」

「意志……？」

「はい。蒼蓮《ソウレン》様は仕方なくここにいるのではなく、ちゃんとご自身の意志でそうなさっているのだと思いますよ」

寝る間も惜しんで国のために尽くすのは、義務感からだけではないと思う。

きっかけは何であれ、蒼蓮《ソウレン》様が執政宮にいるのはご自身の選択なのではないだろうか？

あのお美しいお顔を歪めながら私の父と討論するのも、近ごろでは楽しんでいるのでは……とすら思っていた。

「蒼蓮《ソウレン》様は、今の蒼蓮《ソウレン》様でよいのです。きっとあの方もそうおっしゃると思います」

できることなら、お二人がきちんとお話しする時間を取ってもらいたい。相手を想うあまり、本当のことが伝わっていないのではと思うから。

「お二人ともこうして生きておられるのです。顔が見られるうちに、お心を伝えてみませんか？」

太皇太后《たいこうたいごう》様は、私の問いかけに対し返答はしなかった。

ただずっと、紫釉《シュ》様の書いた文を見つめていた。


春の夕焼けは鮮やかで美しい。

後宮に姿を見せた蒼蓮《ソウレン》様はその黒髪が夕陽に照らされ、きらきらと輝いて見えた。

采和殿《サイカデン》の入り口にて一人で出迎えた私は、いつものように合掌する。

「お待ちしておりました」

「…………あぁ」

不機嫌そうな声音は、今宵の呼び出しに納得していないというご様子だった。

普通の宮女なら足が竦むような冷たい雰囲気だが、私はいつもと同じ笑顔を向ける。

「太皇太后《たいこうたいごう》様がお待ちです」

さぁすぐに奥へ……、と案内しようとしたところ、いきなり顔を寄せられた。

「なぜ私まで食事に参加せねばならん？　紫釉《シュ》陛下と太皇太后《たいこうたいごう》の二人でよいではないか」

どきりとして一歩下がれば、また一歩近づかれてどんどん壁際へ追い込まれる。これではまるで、尋問されているようだ。

「紫釉《シユ》様が、三人でお食事がしたいとおっしゃったのです……！」

「だからといって、皇帝として呼び出すことはないだろう」

「だって、そうでもしなければ理由をつけてお逃げになると思って……！」

三人でのお食事が実現できるかどうかは、蒼蓮《ソウレン》様の御予定次第だった。たとえ空いた時間に予定をねじ込んだとしても、「逃げるのでは？」と静蕾《ジンレイ》様や麗孝《リキョウ》様がおっしゃって、だから私は兄に相談して「どうすれば確実に蒼蓮《ソウレン》様を食事に参加させられるか？」を考えたのだ。

「秀英《シユイン》だろう？　陛下やそなたにいらぬ知恵を吹き込んだのは」

皇帝陛下の召喚状。

これまでしばらく使われていなかったが、これがあれば拒絶はできない。

もちろん、蒼蓮《ソウレン》様のお立場なら無視することもできなくはないのだが、いつも紫釉《シユ》様を皇帝陛下として立ててきた彼は召喚状に従うだろうと兄は言った。

そして、予想通り蒼蓮《ソウレン》様はこうして後宮へ来てくださった。

「三人でお食事をなさる前に、太皇太后《たいこうたいごう》様とのお時間をいただきたいのです」

「今さら話すことなど……。向こうだって私の顔を見るのはつらいはずだ」

燈雲《トウウン》様と蒼蓮《ソウレン》様は、よう似ておられるらしい。

だからこの方は、あまり顔を見せぬようにしていたのだった。

「太皇太后《たいこうたいごう》様はそんなこと一言もおっしゃいませんでした。……蒼蓮《ソウレン》様はお嫌ですか？」

そう尋ねれば、蒼蓮《ソウレン》様はぐっと押し黙って目を逸らす。

「嫌ではない。どうしていいかわからぬだけだ」

いつも冷静な蒼蓮《ソウレン》様にしては、めずらしく戸惑っているように見える。

私はその大きな手に自分のそれを重ね、願いを込めながら訴えかけた。

「余計なことをしているとわかっております。でも、このままではよくないと思いました」

今を逃せば、またいつ会えるかわからない。太皇太后《たいこうたいごう》様のお年やお体のことを思えば、あと何度会えるかという状況だろう。

「せめて、あの方のお心を蒼蓮《ソウレン》様に知っておいて欲しいと思ったのです」

ぎゅっと握り返された手は、言葉のそっけなさとは裏腹に怒っていないと言っているようだった。

太皇太后《たいこうたいごう》様と同じく、蒼蓮《ソウレン》様もまた迷っているのだ。そんな気がした。

私はまっすぐに彼の目を見て言った。

「蒼蓮《ソウレン》様は、紫釉《シユ》様と家族になられるために朝餉を共にしてこられたではありませんか。今宵は、どうか太皇太后《たいこうたいごう》様とも家族の時間を持ってくださいませんか？」

返事はなかった。

少し強引に腕の中に引き寄せられ、ただしばらく無言のときが過ぎていく。

「蒼蓮《ソウレン》様？」

「…………」

人払いをしていてよかった。腕の中でじっとしながら、そんなことを思っていた。

蒼蓮《ソウレン》様はそっと私を解放すると、采和殿《サイカデン》の奥へと歩いていく。

「凜風《リンファ》」

「はい」

「今宵のことは一つ貸しだ。あとで宮へ来い」

「えっ」

呆気に取られる私を置いて、蒼蓮《ソウレン》様は歩いていってしまった。

慌てて後を追うも、一体何をすれば「貸し」を返せるのかわからず混乱する。

これは兄に相談し、柳《リユウ》家の力を使って謝罪するべきことなのかしら……？

でも宮へ行って解決できることならば、特に大ごとにはならないのでは？

パタパタと軽い足音を立てて廊下を進めば、扉の前に麗孝《リキヨウ》様がいた。蒼蓮《ソウレン》様はすでに中へ入られたらしく、走ってくる私を見て麗孝《リキヨウ》様が不思議そうな顔をする。

「どうかしたのか？」

「い、いえ。何も……」

曖昧に笑ってそう答え、私も続いて扉をくぐった。

丸い紫檀《したん》の机に、太皇太后《たいこうたいごう》様と蒼蓮《ソウレン》様がついている。

紫釉《シュ》様はお召替えをしてから来る予定で、まだ到着していない。

沈黙は重く、二人は互いの出方を見ているようだった。

「「…………」」

こ、これは思っていたよりも空気が重い……。

茶を用意した宮女たちはすでに下がっていて、麗孝《リキョウ》様と私だけが壁際で控えていた。

白い陶器《タオ》の中には、色とりどりの花びらが浮かぶ青茶。太皇太后《たいこうたいごう》様がお好きなお茶だという。

蒼蓮《ソウレン》様はそれを一口飲むと、しびれを切らしたように口を開いた。

「官吏たちが騒がしかったようで、すみませんでした。今後、あなた様の宮への立ち入りは禁止するよう命じます」

茶器に視線を落としていた太皇太后《たいこうたいごう》様は、驚いた様子で顔を上げた。

まさか謝られるとは思っていなかった、という雰囲気だった。

「いいえ、此度のことで思いました。やはり私はここへ戻ってくるべきではなかったと」

「どういう意味ですか？」

「私とあなたが不仲であると、官吏らは思ったのでしょう。付け入る隙を与えないためにも、私はおらぬ方がよいと思います。あなたに不快な思いはさせたくありません」

「…………」

蒼蓮《ソウレン》様の眉間にわずかにしわが寄る。

それは違う、と思っているようだった。

「去る前に、一つよろしいか？」

「何でしょう？」

意を決したように、太皇太后様《たいこうたいごう》が切り出す。

「私を恨んではおりませんか？」

その言葉に、蒼蓮様《ソウレン》はまた一段と険しい顔になる。はっと息を呑んだ太皇太后様《たいこうたいごう》は、大きく瞼を閉じて下を向いた。

重い沈黙が流れ、お二人は互いを見ようとしない。

しばらくの後、蒼蓮様《ソウレン》は茶に浮かぶ花びらを見ながら、脈略のないようなことを話し始めた。

「つい先日です。後宮の花を見上げ、こんなことはいつぶりだったかと……」

「？」

「後宮《ここ》で花を愛でる余裕が生まれるなど、思いもしませんでした」

呆れ交じりにふっと笑ったその顔は、太皇太后様《たいこうたいごう》がやって来て初めて見せる表情で、私の知っているいつもの蒼蓮様《ソウレン》だった。

「恨んでいるのかと聞かれれば、恨んでおりますと答えるしかありません。私は、兄上を助けられず、雪梅妃《シユエメイ》を泉《チユアン》へ帰すしかなく、あなたの心も救えなかった。己の力のなさをずっと恨んでおりました」

「え……？」

呆気に取られる太皇太后様《たいこうたいごう》。

蒼蓮《ソウレン》様は自嘲めいた笑みを浮かべる。

「私の中で、あなたは強い女性だった。物心ついたときから、そう思い込んでいました。だから、お心に不調をきたしていることに気づきもせず……。その上、自分が楽になりたいあまりに、『なぜ燈雲《トウウン》ではなくおまえが生きておるのだ』と恨みをぶつけてくれればよいものを……、と思っておりました」

「私はそのようなことは……！」

懸命に否定しようとする太皇太后様《たいこうたいごう》に、蒼蓮《ソウレン》様はわかっていますとその手で制する。

「我らは互いに、悲しみのやり場がなかったのでしょう。相手に恨まれることで楽になりたいと、そう思っていたのではないでしょうか？」

相手をまっすぐに見られないから、気まずくなる。後ろめたさは次第に積もり、互いに顔を背けることでいつしか本心を言えなくなってしまった。

本当は互いに大切に思っているのに、近づけなくなってしまったのだと伝わってくる。

「残念ながら、私はあなたを恨んではおりません。あなたも私を恨んではいないのでしょう」

「……そうですね」

「もうよいのではないですか？　昔、生まれてきたことが失敗だったと嘆く私に、兄上は言いました。『己を許してやれ』と。今、改めてそう思います。無力でも、情けなくても、強くなくても生きていてよいのだと、己を許してやってはくれませぬか？」

「……蒼蓮《ソウレン》は、それができたのですか？」

伺うように尋ねる太皇太后《たいこうたいごう》様に、蒼蓮《ソウレン》様は「はい」と答えた。

そして、こちらを一瞥すると穏やかに微笑む。

そのお顔の優しさに、一瞬だけどきりとした。

「こんな私でも、いてくれてよかったと言うてくれる娘がおりました。今はその者と、これからの日々を生きていけたらと思うております」

まさかそんな風に思ってくださっていたなんて……。胸の奥に温かいものが込み上げる。

太皇太后《たいこうたいごう》様は、目に涙を滲ませ大きく息をついた。

「そのような時代となりましたか……。無力でも、生きていてよいのですね」

それは、後宮での日々を生き抜いてきたこの方にはあり得ないことなのかもしれない。

皇后として立派に務めを果たすことを求められたこの方には、心が休まる暇もなかったのだろう。

今はもう、力を持たねば生きていけぬような愛憎渦巻く後宮はない。これからは、お心安らかに過ごして欲しいと祈った。

少しの無言の後、蒼蓮《ソウレン》様は改めてご自分のお気持ちを宣言される。

「紫釉《シユ》陛下のことは、どうかお任せください。光燕《コウエン》をよりよき国へと導き、いつの日か必ず紫釉《シユ》陛下にお渡しいたします。それが私の役目であり、希望なのです」

「蒼蓮《ソウレン》」

「まぁ、片づけねばならぬ事柄や人間も数多おりますが……。ははっ、どうにかいたしましょう」

一体、何をするおつもりなのですか……？

いきなり物騒な話題になりかけたところで、蒼蓮《ソウレン》様はにこりと笑って話を元に戻す。

「紫釉《シユ》陛下は、あなたの孫です。お体さえよろしければ、いつでも会いに来てください。官吏どもは私がどうにかいたしましょう。ですから……、お待ちしております」

その言葉に、太皇太后《たいこうたいごう》様は目を瞠る。そして、震える声で繰り返した。

「また会いに来てもよいのですか？　私が？　会いに来ても……？」

手巾を握り締め、感極まったように涙を流す。

私も気づかぬうちに涙が流れていて、慌ててそれを拭った。

蒼蓮《ソウレン》様は黙って太皇太后《たいこうたいごう》様を見つめていて、そこにはもう気まずさはない。お二人がこうして心の内を話すことができて、何よりだと思った。

話に区切りがついた頃合いを見計らい、麗孝《リキヨウ》様が静蕾《ジンレイ》様を呼びに行く。

ほどなくして、美しい夕陽によく似た橙色《ひいろ》の衣装を纏った紫釉《シユ》様が現れた。

「蒼蓮《ソウレン》、おばあ様！」

その小さな手には子ども用の碁石が入った袋を持っていて、嬉しそうにそれを机に乗せて広げて見せる。

「六歳の祝いにと、栄《エイ》殿から碁をもらったのだ」

さすがは紫釉《シユ》様の教育係、栄《エイ》先生らしい贈り物だった。

武官の一人が石造の碁盤を運んできて、紫釉《シユ》様は覚えたての碁にすっかり夢中でやる気を見せている。

「紫釉《シユ》陛下、おばあ様は大変にお強いですよ？」

蒼蓮《ソウレン》様が笑いながらそう言うと、太皇太后《たいこうたいごう》様が苦笑いになる。

「そんな昔のことを……。もう何年も触ってもおりませんのに」

紫釉《シユ》様は二人の間にちょこんと座り、今すぐにでも遊びたいと目を輝かせている。

静蕾《ジンレイ》様はそっと陛下の手から碁石を抜き取ると、優しい声音で諭す。

「お食事が先ですわ。こちらは預かっておきますので、たくさん召し上がってください」

給仕係の者たちが、すぐさま料理を運んでくる。紫釉《シユ》様の好物が並ぶ中、体に優しいあっさりとした味付けの麺や汁物も用意されていた。

「さぁ、紫釉《シユ》様。いただきましょう」

六歳を迎えた紫釉《シユ》様は、食べる量も少しずつ増えてきている。おばあ様の前だからとはりきって箸を進める姿が微笑ましく、私と静蕾《ジンレイ》様は目を見合わせて笑顔になった。

この日、采和殿《サイカデン》にはたくさんの笑い声が聞こえていた。

■■■

「いかがなさいました?」

夜の静寂に包まれた宮で、私は蒼蓮《ソウレン》様のおそばに寄り添いながら美しい月を見上げていた。

煌びやかな赤と黄色の灯籠は幻想的で、木蓮の白い花が咲く中庭は後宮の庭に勝るとも劣らぬ優美さで、時間を忘れて見惚《みほ》れてしまう。

盃を傾ける蒼蓮《ソウレン》様の隣に並んで座っていたら、珍しくぼんやりとなさっていたのが少し気になって声をかけた。

蒼蓮《ソウレン》様はふと我に返り、私を見つめて笑みを浮かべる。

「――兄上のことを思い出していた」

「先帝様のことを?」

「あぁ。兄上もよくこうして雪梅《シユエメイ》妃と酒を飲んでいた。何を話すでもなく」

今ここにある三本足の盃は、今宵の月とよく似た金色。先帝様が愛用していた物だという。蒼蓮《ソウレン》様はあまりお酒を飲まれないが、私がここへ来たときにはすでにこれが用意されていた。

一つ「貸し」だと言われこうして宮へやって来たわけだけれど、求められたのはこうして中庭で並んで酒を飲むことだった。

「ただぼんやりとするのは落ち着かぬと思うておったが、そなたが隣におるのなら悪くない気がする」

「まぁ、そうですか。それは光栄です」

ふふっと笑えば、蒼蓮《ソウレン》様もまた笑みを深める。

自然な所作で肩を抱かれ、そっと引き寄せられればぬくもりが伝わってきて少しだけ緊張してしまった。

ただじっとしていればいいのだろうか、と戸惑う私に蒼蓮《ソウレン》様が言った。

「もう笛は捜さずともよい」

「え？」

「兄上が持って行ったのだと、太皇太后《たいこうたいごう》から聞いた」

「どういうことです？」

紫釉《シユ》様と三人で食事をした帰り際、太皇太后《たいこうたいごう》様が蒼蓮《ソウレン》様を呼び止めた。

二人で何やらお話になっているのは見ていたけれど、そのとき話していたのが行方知れずの笛の話だったらしい。

「兄上が亡くなる数日前、太皇太后《たいこうたいごう》が寝所を訪ねたら見覚えのある笛があったそうだ。なぜそれを枕元に置いておるのかと尋ねれば、兄上はこう答えたと」

――蒼蓮《ソウレン》は私と違い、殉葬者がおりませんから。

皇族が亡くなると、側近のうち一人がその旅路にお供するのが慣例だ。「天に昇るには案内人がいる」と言われていて、そのために誰か供をつけねばならないとされている。

先帝様のときも、尚書だった側近が自ら望んで殉死している。

蒼蓮《ソウレン》様の場合、側近は私の兄しかいない。

でも、兄は柳《リユウ》家の当主を継ぐ立場にあるから、蒼蓮《ソウレン》様が先に亡くなられてもお供することはない。

——私が天からこれを吹いてやれば、蒼蓮《ソウレン》は迷わず昇ってこられるでしょうから。

そう言って、己の棺《ひつぎ》に笛を入れるよう世話係に言づけたそうだ。

太皇太后《たいこうたいごう》様はそれを思い出し、伝えてくれたのだった。

「兄上らしい。死んでまで私を救おうとしてくださる」

「……っ！」

蒼蓮《ソウレン》様は呆れたように笑い、そして深く瞼を閉じた。

「まさか棺の中だとは。どうりで捜しても出てこぬはずだ。そなたには無駄に捜させてすまなかったな」

「いえ……、いえ。そのようなことは……」

涙の雫《しずく》がぽたぽたと頬を伝い、思わず口元を覆う。

先帝様がそんなにも深く蒼蓮《ソウレン》様を愛しておられたことに驚き、嬉しくもある。なれど、もう決して戻らぬ時間が悲しくもあった。

涙を流す私を見て、蒼蓮《ソウレン》様は困り顔で手を差し伸べる。

私の目元や頬を優しい手つきで拭い、一向に止まりそうにない涙でぐずぐずになった顔を見てくすりと笑った。

「そなたは存外、よう泣くな」

子ども扱いされている気がして、私はどうにか泣き止もうと大きく息を吸う。

「柳家《リユウ》にいた頃は、そうそう泣くことなど……」

顔と体が熱い。喉がひりひりして、それでも涙が止まらなかった。

後宮に来てからは色々なことがありすぎて、ひっきりなしに心が動くのだから仕方がない。よいことも悲しいことも、今の私の周りにはたくさんのことがありすぎる。

蒼蓮《ソウレン》様は両手で私の頬をそっと挟み、鼻先が当たるくらいまで顔を寄せて言った。

「構わぬ。涙などとうの昔に枯れ果てた私の分まで、そなたが泣いてくれておるのだろう」

「蒼蓮《ソウレン》様の分、ですか？」

「あぁ、そなたは私の半身なのだ」

静けさの中、私がすすり泣く声だけが響く。

蒼蓮《ソウレン》様は何もおっしゃらず、私が泣き止むまでずっと抱き締めていてくださった。

この方のために、私ができることは何だろう？

こうしてそばにいるだけで、お心を慰めることができているのだろうか？

考えても考えてもわからなくて、でも一つだけどうしても伝えたいことがあった。

「蒼蓮様《ソウレン》」

背中に回した手にぎゅうっと力を籠《こ》める。

「私は、うんと長生きいたしますね。ずっと、ずっと、蒼蓮様《ソウレン》のおそばにおります」

この方を悲しませたくない。私はずっとおそばにいなくては。

きっと大丈夫。私が風邪も引かぬほど丈夫に生まれてきたのは、蒼蓮様《ソウレン》のためなんだと思う。

私の頭を撫でた蒼蓮様《ソウレン》は、嬉しそうな声で言った。

「あぁ、そうしてくれ。長く生きて、そして私を見送ってくれ」

「はい。……あ、でも蒼蓮様《ソウレン》も長生きしてくださいね。あまり早くお見送りするのは嫌ですので」

どうか知っていて欲しい。

私も、兄も、紫釉様《シユ》も、太皇太后様《たいこうたいごう》も、蒼蓮様《ソウレン》を大切に思っている人はたくさんいるということを。あまりご自分に執着がないように思えるから、どうかお命に未練を持って欲しい。

わかってくれているかしら、と上目遣いに見上げれば、蒼蓮様《ソウレン》はしばし考える素ぶりを見せた。

「どうかなさいましたか？」

「いや、私が早う死んで、そなたがまたほかの男に嫁ぐのは許せぬと思うたのだ。だから、できるだけギリギリまで生きるとしよう」

真剣にそんなことを言い出すものだから、つい笑ってしまった。

心配しなくても、私はほかの方には嫁げないだろう。好きな人と共に過ごせる時間が、これほど幸せなのだと知ってしまったのだ。

家のために嫁ぐのが当然と思っていたのに、今となっては到底受け入れられそうにない。

これはいよいよ困ったことになった……と苦笑いしていると、前触れもなく唇が重なって驚いた。

「……苦いです」

「許せ」

かすかに酒の味がして、思わず眉根を寄せる。けれど、やめてはくれないらしい。その後も何度となく口づけられ、私の方が酔っているのかと思うくらいに顔を赤くしていた。

閑話　黒兎の筆

生誕節が無事に終わり、太皇太后《たいこうたいごう》様も療養先へと発ったその日。

采和殿《サイカデン》にはたくさんの贈り物が運び込まれていた。

「これはすべて泉国《チユアン》からですか？」

近隣国からも紫釉《シユ》様へのお祝いにと数々の贈り物が届いていたが、泉国《チユアン》からのその量は群を抜いて多かった。

美しい織物に御仏の像、龍を模した金銀の飾り細工に希少な楽器、それに虎や鷲《わし》の剝製までもがずらりと並んでいる。

兄によれば、このほかにも魚の塩漬けや乾燥果実、それに家畜や馬車なども届いているらしい。

「これは純粋な母心か、それとも雪梅《シユエメイ》様を国元に戻させた迷惑料か……？」

呆れ交じりにそう言う兄だったが、おそらく両方だろう。

紫釉《シユ》様の母上である雪梅《シユエメイ》様がおられる泉国《チユアン》は、光燕《コウエン》の西隣に位置する国だ。

船を使えばこちらからは容易《たやす》く下っていけるが、その逆は難しい。これらの多くは陸で運ばれてきた物で、およそ二カ月かけてはるばるここまで届けられたそうだ。

「それで、紫釉《シュ》様宛の文はどちらに？」

贈り物に圧倒されていたが、私が一番気になるのはそれだった。

紫釉《シュ》様が文を書き、密かに泉《チュアン》へ届けさせてからもう四カ月が経つ。母上からの文を今か今かと待ち続ける紫釉《シュ》様は健気でおかわいそうで、この生誕節には絶対にお返事がいただけるはずと皆で願っていた。

ところが、兄は困り顔で言った。

「ない」

「……は？」

信じられない。

私は驚きで目を見開く。

「どこにも見当たらぬのだ。当然、国使が直々に持ってきた祝いの文はある。だがそれは、あくまで国と国とのやりとりに過ぎぬ。紫釉《シュ》様宛の文が別にあるのだと思い、官吏が総出で捜したが未だ見つからぬのだ」

これには、いつも朗らかな兄も表情を曇らせた。

山のような贈り物より、私たちはたった一通でもいいから文が欲しい。ない、などと紫釉《シュ》様に言えるはずがなかった。

「贈り物はありがたいですが、なれど……」

「あぁ、紫釉《シュ》様のお心は晴れぬだろうな」

なぜ文がないのか？　どこかに紛れ込んでしまったのか、それとも長い道のりで落としてしまったのか？　いや、まさかそんなことがあるわけがない。

「泉国《チュアン》は、雪梅《シュエメイ》様と紫釉《シュ》様が連絡を取るのをよしとしないのでしょうか？」

「それは当然そうだろうな。だからこそ、こちらも密かに文を運んだのだ」

唯一の直系皇族として、その血筋を繋ぐことが求められている雪梅《シュエメイ》様は、あちらに戻ってお従弟とご再婚され、そして昨年御子をお産みになった。

国を継げる待望の男児誕生。光燕《コウエン》にまで一報が届いたくらいだ、泉国《チュアン》に希望がもたらされたとさぞ沸いたことだろう。

ただし、政治の都合で母上と引き離されてしまった紫釉《シュ》様にとっては朗報かどうか……。雪梅《シュエメイ》様より文が戻ってこぬままでは、異父弟様の誕生をお耳に入れるのは躊躇《ためら》われる。

だから、未だ紫釉《シュ》様は何もご存じなかった。

「どうして文がないのですか……！」

嘆く私を見て、兄も途方に暮れていた。その後も、官吏や武官によってそれらしき物が忍ばされていないか、懸命に捜し物は続く。

そして、もう見つからぬかと思った日暮れ前。

麗孝《リキョウ》様が、黒い兎の玩具を持って采和殿《サイカデン》に現れた。

紫檀の机の上にコトリと音を立てて置かれたそれは、一見すると普通の贈り物だ。

私たちはそれを囲み、まじまじと観察する。

「六歳の祝いにしては、やけに幼い玩具ですね……」

静蕾《ジンレイ》様が不思議そうな顔をして言った。

麗孝《リキョウ》様もそれが気になったらしく中に何か入っていないかどうか確認したものの、おかしなところは見当たらなかったと話した。

「黒兎に何か意味があるのでしょうか？　幼い頃の紫釉《シユ》様が特別に好きだったとか？」

私の疑問に、静蕾《ジンレイ》様は眉根を寄せて首を傾げる。

「幼い頃は、牛や馬などの木彫りの玩具をお気に召しておられましたが、兎は……」

考え込む静蕾《ジンレイ》様の隣で、麗孝《リキョウ》様がスッと短刀を腰から外してその手に構える。

「割るか」

「えっ!?」

贈り物を壊してもいいの!?

ぎょっと目を瞠る私。

ところがここで、静蕾《ジンレイ》様がいきなり贈り物の山に向かって駆け出し、中から文箱《ふばこ》や筆が入った一式を取り出した。

特別に誂《あつら》えたであろうその豪奢な文箱は、梅の花の絵が描かれている。

皆が注目する中、筆を一本手に取った静蕾《ジンレイ》様は勢いよくそれを割った。筆は軸先と筆管の間でポキッと折れ、二つに分かれる。

「静蕾《ジンレイ》!?」

「静蕾《ジンレイ》様!?」

筆管の中を確認すると、中には丸い紙が詰められていた。

呆気に取られる私たちに、静蕾《ジンレイ》様は事情を説明してくれる。

「紫釉《シュ》様が歩き始めたばかりの頃、一つに結んだ御髪を見た雪梅《シュエメイ》様がおっしゃったのです。まるで黒兎の筆のようだ、と……。以来、筆を持つと紫釉《シュ》様のことを思い出すと」

雪梅《シュエメイ》様は、静蕾《ジンレイ》様なら気づいてくれると思ったのだろう。そして、それは正しかった。

筆の中からは、紫釉《シュ》様に宛てた文が出てきた。静蕾《ジンレイ》様は「雪梅《シュエメイ》様の字です」と感極まったように呟く。

「紫釉《シュ》様をお連れいたします！」

私は気づいたら部屋を飛び出していた。

紫釉《シュ》様は今、書閣《しょかく》にいらっしゃる。すぐにでもお知らせしてあげたかった。

追いかけてきた藍鶲《ラングウ》と共に、夕陽に照らされる廊下を懸命に走る。

「紫釉《シュ》様！」

書閣に着くと、椅子に座る紫釉《シユ》様の後頭部が見えた。一つに結んだ艶やかな黒髪がふわりと揺れ、こちらに振り返って不思議そうな顔をなさった。

「凜風《リンファ》？　どうしたのだ？」

「文が……！　雪梅《シュエメイ》様から」

栄《エイ》先生に許可を取り、すぐさま紫釉《シユ》様をお連れする。

喜びと少しの緊張感に包まれた私たちは、トタトタと軽い足音を立てて急いだ。

「紫釉《シユ》様、母君からの文でございます」

静蕾《ジンレイ》様がそっと文を差し出す。十枚に分けられたそれは、いつかの文と同じ香りがした。それに、間違いなく雪梅《シュエメイ》様の文字だった。

「母上が、我に？」

瞬く間に笑みを浮かべた紫釉《シユ》様は、文を受け取りすぐに目を通していく。

『六歳になった紫釉《シユ》へ』

今も変わらず愛していると、健やかな成長を祈っていると綴《つづ》られていた。

『嬉しいとき、楽しいとき、淋しいとき、そばにいてあげられたらといつも思います。あなたが笑っていてくれれば、それだけで母は幸せです』

いつか必ず会える日が来るから、それまで元気でいて欲しい。そうも書かれていた。

紫釉《シユ》様は目に涙を滲ませ、大切な文を抱き締める。

「母上……」

このやりとりをするために、どれほどの想いを募らせたことか。紫釉《シュ》様の喜びは相当なもので、何度も文を読み返しては嬉しそうにそれを持って移動する。

食事の際も、寝るときも、ずっと傍らに文を置き続けて数日が経過した。

「紫釉《シュ》様、お気持ちはわかりますがこのままでは破れてしまいます」

「うん、我もそう思う」

しゅんと肩を落とした紫釉《シュ》様は、大切そうに文を撫でる。たった数日で、文には折り皺がくっきりつき、端の方は丸くなってしまっていた。

「こちらに入れておきませんか？」

静蕾《ジンレイ》様に提案され、紫釉《シュ》様はようやく文を香袋の中に入れてくれた。

「これなら、大事に持って歩けますね」

紐をつけて首から下げられるようにすると、紫釉《シュ》様は嬉しそうに笑ってくれる。上衣の中に隠してしまえば外からは見えないけれど、いつも一緒にいるという安心感があるのかもしれない。

「母上は、我が立派な皇帝になったら喜んでくださるだろうか？」

「はい、もちろんです」

小さな手が、服の上からそっと文に添えられる。母と子を繋ぐのは文だけで、紫釉《シュ》様にとってはかけがえのない物だった。

離れていても、愛おしいという気持ちは変わらない。

紫釉《シユ》様は、母上のためにがんばろうと決意を新たになさった。

「我は蒼蓮《ソウレン》のように偉くなって、麗孝《リキヨウ》のように強うなりたい」

「はい、楽しみにしております」

小さな手をそっと包み込めば、はにかんだお顔でぎゅっと握り返してくれる。そんな紫釉《シユ》様が、かわいらしくて愛おしい。

私は母にはなれないけれど、ずっとおそばでお支えしていきたいと思った。

第四章　陰ひなたで

錫《すず》色の曇天から、ぽつりぽつりと雨粒が落ちる。

光燕《コウエン》国を東西に流れる黒魚川《ヘイユイ》には、国内に五つの大きな乗船場があり、宮廷からほど近い場所にも乗船場が作られていた。

各地を行き来し商売を行う客商《きやくしよう》たちは巨大な船を幾つも保有し、様々な物資の運搬を担っている。

都の黒陽《ヘイヤン》に船を停められる権利を持つのは、『親』と呼ばれる三大客商。彼らは平民ながら五大家に次ぐ力を持っていて、独特の慣習や決め事に従っていた。

民は宮廷が定めた法に従い、商人はそれに加えて独自の決め事を守り、そして僧侶は聖典に従い生きる。各々が不可侵を貫くことでその均衡は保たれているのだが――

「部下を数人、そちらで預かっていただきたい」

黒魚川《ヘイユイ》沿いの妓楼の一室で、ひと際体格のいい男が盃を片手にそう切り出す。

明るい色の髪を顔の右側で一つに結い漆黒の衣を纏ったその男は、若くして最高位武官から左丞相に昇りつめた黎松華《レイソンホア》だ。

彼の背後に並ぶ三人の部下は、いずれも男性で柄の悪い顔つきだった。装束によってはならず者にしか見えず、武官とは思えないところが評価された面々だと伺える。

部下を預かってくれと言われた相手は、三大客商の長である黄梓《ファンズー》。先々帝の時代から、光燕《コウエン》のみならず近隣諸国で商いに成功してきたやり手の商人だ。穀類や豆類、海産物などを主に扱い、三大客商では最も多い数の帆船を持つ。

彼は真っ白い髭を撫でながら、膠着《こうちゃく》状態にある碁盤を見ながら答えた。

「左丞相ともなれば大きな顔でふんぞり返っていられると思うておりましたのに、またこんなところまで来て何かと思えば……」

黎《レイ》のことは、祖父の代からよく知っている。「若い者は元気でよろしいな」と苦言を呈しつつも余裕の笑みを浮かべる黄《ファン》に、黎《レイ》左丞相もまた軽く笑みを浮かべて言った。

「そなたらにとっても悪い話ではない」

「ほう？　亡き妻にあの世で聞かせられるおもしろい話になりますかな？」

「例の薬の出所がわかった。運んでいるところを押さえたい」

「――それはまた興味をそそる話ですなぁ。しかし部下をお預かりして船を動かす、となればそれ相応の準備が必要になるかと」

近年、おかしな薬が出回っているのは知っていた。

最初は香として焚けば気分がよくなると、その後は形を変えて小粒の丸薬や粉薬として「心が楽になり寿命が延びる」と言われ敬虔な大神《ターシエン》教信者に広がっていった。

それが、破滅の始まりだとも知らずに。

ここでようやく視線を碁盤から黎《レイ》の顔に移した黄《ファン》は、いくら儲かるのか、どれくらい危険が伴うのかを頭の中で計算し始める。

「まぁ、あれは悪しき物ですな。金に目が眩《くら》んで仕入れる商人もおりますが……」

「あれが広がれば、光燕《コウエン》は滅びる」

「国力が弱まれば瑞《ロイ》に飲み込まれる、ということですかな？　なれど、我らは戦が起これば儲けも出ます。小競り合いでも穀物は飛ぶように売れますので。我ら商人は、貴殿らのように国に……という大義は掲げておりませんのでな」

「ははっ、だから信頼できる。戦が起こるよりも利があれば協力してくれるのだろう？」

「そうですなぁ」

いくら旧知の中だからといって、取引にならないことはしない。

そんな黄《ファン》の態度を見越していた黎《レイ》は、最初から彼が欲しがる物を用意していた。

「寧《ニイン》の統治権をやろう」

瑞《ロイ》との国境沿いにある寧《ニイン》は、商人であれば誰もが欲しいと思う街だ。かつて開拓した者たちが揃って隠居するらしいとの噂が流れ、新たなまとめ役が必要だと言われて久しい。

「あそこは商いが自由にできる。しかも、国が守ってくれるから警備のための費用も浮く。こちらとしては、新たな長にそなたを推してもいいと考えておる」

「真にございますか？　この黄《ファン》、かような栄誉を賜る日が来ようとは思いもいたしませんでした」

商人にとっての憧れの地。そこを貴族でない自分が治めることができるなど、これ以上ない栄誉だと黄《ファン》は震える。

「これは是が非でも、部下をお預かりして国に貢献せねばなりませんな」

さらりと手のひらを返した様子を見て、黎《レイ》は満足げに笑った。

「あぁ、たっぷり協力してもらう。川での取引を見張るため、力を貸してほしい」

「仰せのままに」

「よき縁になるよう願うぞ」

「……なれど、柳《リュウ》右丞相は此度の件をご存じで？」

寧《ニイン》の地に古くからかかわってきたのは、黎《レイ》ではない。五大家筆頭の柳《リュウ》家が頷かなければ、新たな長に着任するのは叶わないだろうと黄《ファン》は危惧していた。

それに川で見張るために船を出すのも、官吏の許可が必要になる。それを握っているのは、右丞相が束ねる部門の一つだった。

まさか勝手に動くつもりか、と疑いの目を向けてくる黄《ファン》。黎《レイ》はさらりと否定した。

「すでに許可を得ておる。まぁ、条件付きではあるが」

「条件……？」

「ある家が嫁を探していてな。黄家《ファン》の孫娘をいただきたい。条件と言ってもそちらに十分に利がある話ゆえ、実質ないに等しいが」

「孫娘をですか。あの子でよろしいので？」

黄家《ファン》の孫で結婚適齢期の娘といえば、十七歳になったばかりの淑珠《シューズー》のみ。孫娘の丸い顔を思い浮かべた黄《ファン》は、苦い顔をして難色を示す。

「心優しい娘だと聞いている」

「まぁ、爺としてはそう思いますが、商人としてはいかがなものかと不安がありますなぁ」

「そなたの孫であろう？　かわいらしいと言うてやれ」

呆れたように笑う黎《レイ》に、黄《ファン》は疑いの目を向ける。

「かわいらしいから、かわいがりすぎたのでございますよ。そのせいで、ふっくらとしてしまいましてなぁ。宮廷の女人や五大家の姫君と比べると、それはもう明らかな差がございます」

平民の間では、見目麗しい順に嫁ぎ先が決まっていく。黄《ファン》の出身地の光燕《コウエン》南部ではそれがより顕著であり、彼が孫娘の容姿に言及したのは仕方のないことだった。

一方で、黎《レイ》は貴族の縁談に容姿など最終的な判断材料でしかないと思っていた。

「そなたの孫娘が、こちらの決めた相手を気に入るかもわからぬ。無理強いはせぬが、できれば前向きに考えてもらいたい。右丞相も私も、その男には早く妻を迎えさせて地固めをしなければと思うておるのだ」

「そうでございますか……。で、お相手は？」

下級武官かそれとも官吏か、それとも右丞相の縁戚か？

盃を片手に不敵に笑う黎《レイ》がちらりと帳《とばり》の向こうに目をやれば、そこに一人の青年の姿があった。

「この者だ」

「!?」

帳の向こうからこちらにやってきたその青年は、礼儀正しく合掌する。

先代の頃には何度か姿を見たことがあり、普通に考えれば孫娘を嫁がせることができる家柄ではない高貴な身分の男だった。

これはいよいよ金と縁の使いどころだな、と思った黄《ファン》は何としても今回の仕事をやり遂げなければと決意するのだった。

■■■

後宮に響く滑らかな笛の音。曲の雰囲気に合わせて見事に変わる抑揚や華やかさは、宮廷楽師をも超える腕前かもしれない。

皆がうっとりとした表情で演奏に聴き入り、紫釉《シュ》様も嬉しそうなご様子だ。

「新しい曲は、いかがでしたか？」

そう言って微笑むのは、青みがかった黒髪が美しい莉雅《リイヤー》様だ。

透き通るような肌は陶器《タオ》のようで、そのお顔立ちは淑《しと》やかな女性の鑑《かがみ》という雰囲気。ひとたび外を歩けば、すれ違う武官らが見惚れてしまうほど稀有な美貌の持ち主だ。

莉雅《リイヤー》様が紫釉《シユ》様の笛の先生になられたのは、つい三カ月ほど前のこと。

なんとこの方、蒼蓮《ソウレン》様の異母妹である。

背格好は女性の中でも小さく、大柄な蒼蓮《ソウレン》様とはあまりに似ていないのでご兄妹《きょうだい》であると気づかれることはないそうだが、その並外れた美貌は血筋かと思うと納得だ。

「我はこの曲が気に入った！　早う吹けるようになりたい」

雪梅《シユエメイ》妃の形見の笛を握り締めた紫釉《シユ》様が、興奮気味におっしゃった。

そのご様子を見て、莉雅《リイヤー》様は優しく笑いかける。

「きっと吹けるようになります。紫釉《シユ》様は筋が大変によろしいゆえ」

お二人は日に日に仲良くなられ、今では何気ない話でも笑い合える関係性になっている。今日も楽しい時間はあっという間に終わり、莉雅《リイヤー》様は名残惜しそうに宮へと戻っていった。

「お送りいたします」

「ありがとう」

私は莉雅《リイヤー》様に続き、藍鷸《ラングウ》と共に采和殿《サイカデン》を出る。

莉雅《リイヤー》様は歩く姿まで洗練されていて、詩に出てくる牡丹《ぼたん》から生まれた姫のようだと誰かが言っていたのを思い出した。

「蒼蓮《ソウレン》は変わらず忙しいようだな。紫釉《シユ》様に笛を聴かせてやればよいものを」

困り顔でそう言う莉雅《リイヤー》様は、蒼蓮《ソウレン》様の宮に住んでいながらあまり顔を合わせることはないらしい。

普段は宮で静かに異国の書物を翻訳したり、笛を吹いたり、彩林《ツァイリン》様の菜園いじりを手伝ったりして過ごしているのだという。

「蒼蓮《ソウレン》様も、きっとお心ではそうなさりたいと思っているのでは……？　朝餉の席にはなるべくこちらに顔を出せるよう予定を調整してくださっておりますので、ほかは仕方ないかと」

くすりと笑ってそう言えば、莉雅《リイヤー》様は私をちらりと見て眉根を寄せた。

「子が育つのは早い。あのようにおかわいらしい時期を過ぎれば、もうこちらのことなど見向きもせぬようになると聞く。そのとき蒼蓮《ソウレン》が後悔しても遅いのだが？」

「ふふっ、そうですね。できれば、蒼蓮《ソウレン》様と莉雅《リイヤー》様、紫釉《シユ》様のお三人での演奏を聴いてみたいです」

そんな話をしながら歩いていると、執政宮と後宮を繋ぐ橋を渡る兄の姿が見えた。

兄もこちらを見て、「あぁ」と笑みを浮かべる。

目の前までやってきた兄は、恭しく合掌した。

「莉雅《リイヤー》様、ごきげんよろしいようで何よりでございます」

「あぁ、秀英《シュイン》。しばらく顔を見なかったから激務で逝ったのかと思うたが、元気そうだな」

にこりと笑って辛辣なことを言う莉雅《リイヤー》様。

兄は慣れた様子で、あははと笑って謝罪する。

「そう易々《やすやす》と命は差し出しとうないですなぁ。会いに行けなかったことは、どうかお許しを」

「それはそなたの行い次第だ」

莉雅《リイヤー》様は窺《うかが》うように見上げ、宮まで送れと言いたげだ。兄は元よりこうなることを見越してここへ来たらしく、苦笑いしつつもどこか嬉しそうだった。

どうやら、私たちが付き添うのはここまでらしい。

「兄上」

「これを静蕾《ジンレイ》殿に渡してくれ。今日の謁見で着る紫釉《シユ》様の衣装についてだ」

「かしこまりました」

兄から木簡を受け取ると、私は一礼して二人を見送った。

莉雅《リイヤー》様は「ではまた」と私に向かって告げ、兄と二人で後宮を後にする。

二人は楽しげに笑い合っていて、互いに気を許しているように見える。何より、兄が莉雅《リイヤー》様を見る目はとても穏やかで、それは女官に気安く声をかけている態度とはまったく違うものだった。

何となくそうじゃないかなとは思っていたけれど、兄は莉雅《リイヤー》様を好いているのだろう。そして、莉雅《リイヤー》様もまた兄のことを……。

二人の後ろ姿を見つめていると、藍鷄《ラングウ》が周囲に人がいないことを確認してから尋ねた。

「秀英《シュイン》様は、あの方を柳《リュウ》家にお迎えになるのですか？」

藍鴒《ラングウ》も二人の様子からそう思ったのだろう。

けれど、私は静かに首を振る。

「無理だと思う。莉雅《リイヤー》様は『白の姫』だから」

「白の姫？」

「妻にするには縁起が悪い、ということよ」

以前、蒼蓮《ソウレン》様から聞いたことがある。

莉雅《リイヤー》様は、わずか三歳で四十歳の太守に褒賞として与えられ、形ばかりの妻になった。太守が本当に望んでいたのは土地の譲渡であったのだが、何をどう伝え間違ったのか公主《ひめ》をもらうことになってしまったのだという。

「今こちらにいらっしゃるということは、夫と死別なさったのですよね？」

「ええ、莉雅《リイヤー》様が十五歳のときにお相手は亡くなられたの」

二人が顔を合わせたのは、三歳のときの婚儀で一度だけ。莉雅《リイヤー》様は太守の孫娘と同じ扱いで育てられたらしい。けれど、夫が亡くなったことで問題が発生した。

『子のいない妻は、夫が亡くなれば共に埋葬される』

光燕《コウエン》南東部に残る風習で、莉雅《リイヤー》様は夫と共に死ななければならなくなった。どう考えても悪習で、私たちの世代からすれば「そんなバカな」と眉を顰《ひそ》めずにはいられない。それでも、その地方の人々はしきたりに準じて生きているのだからどうしようもない。

「たった十五歳で死ねと？」

「向こうでは、そういう決まりだったそうよ」

当時すでに皇帝の座についていた燈雲《トウウン》様がそれを知り、密かに攫《さら》ってくるよう命じたおかげで莉雅《リイヤー》様は生き延びることができた。

それから約五年。存在しないはずの公主になってしまった莉雅《リイヤー》様は、蒼蓮《ソウレン》様の宮で暮らしておられる。

「白の姫は決まりを破った女性という意味で、死者との約束を破ったと生涯批難されてしまうそうなの。白の姫をもらう男は苦労する、縁起がよくないと言われて忌避されると……」

そんなこと、とても信じられない。けれど、年配者には風習を大切にする人が多く、五大家筆頭の柳《リュウ》家としてはたとえ兄が莉雅《リイヤー》様を妻にと望んだとしても認められそうにない話だった。

「暁明《シャオミン》様は、利のないことは許さないでしょうね」

「そうね」

あの父が迷信に惑わされるとも思えないが、「莉雅《リイヤー》様を嫁に取ることで何の利がある？」と鼻で笑う姿は想像できる。

最近、少し父親らしい顔も見せてくれるようにはなったと思うが、柳《リュウ》家の当主であり右丞相の柳《リュウ》暁明《シャオミン》はそこまで甘くない。

「しがらみが多いですね、五大家は」

藍鵳《ラングウ》が少し悲しげに目を伏せる。

「私だって兄上には幸せになって欲しい。でも……」

蒼蓮《ソウレン》様に出会う前、私は自分で結婚相手を選べるなんて思っていなかった。父の決めた相手と結婚するのが当然で、家のためにはそれがいいと今でも思う。

私ですらそうなんだから、兄はもっと理解しているだろう。次期当主として、柳《リュウ》家のためになる人と結婚しなくては、と。

「二十三歳だから、そろそろ結婚話が持ち上がると思う。どうなさるのかしら、兄上は」

父が何もしていないわけがない。縁談が水面下で結ばれていても不思議ではなかった。

ところがここで、意外なことを藍鵳《ラングウ》から聞かされる。

「結婚といえば、李《リ》家のご当主のお相手が決まったそうですよ」

「え？　李睿《リルイ》様の？」

「黄《ファン》家の淑珠《シューズー》様と縁組なさったそうで、三カ月後には婚礼の儀が行われると」

「随分と急ね。黄《ファン》家は一流客商でしょう？　それほど急ぐなんて……」

李《リ》家と黄《ファン》家の縁組は、ここ数年で最も注目される組み合わせのはず。規模を考えれば、三日三晩は宴を行うだろうし、しかも招待客も多そうだ。

「何かご事情があったのかしら？」

李《リ》家としては、黄《ファン》家の財力があれば今後の立て直しが速やかに行える。前当主の李仁君《リレンジュン》が起こした犯罪も不祥事も、結局のところ方々に銀をばらまけば不満は沈静化するだろう。

黄《ファン》家も三大客商とはいえ、その家柄は平民の成り上がりだと揶揄《やゆ》されることも多いと聞く。この二家が縁づくのは互いに利があるのだと私にもわかるくらいだった。

ただ、問題はその接点である。

いくらお金があるといっても、黄《ファン》家から李《リ》家へ縁組を持ち掛けるのは身分差が許さない。となれば、李睿《リルイ》様が自ら動かれた……？　けれど、父親を告発するような清廉な方が、お金で物事を片付けようとするかしら？

誰かが二家を結び付けようと動いた、と思うのが自然だった。

藍鶲《ラングウ》によれば、何か政治的な背景があったのは間違いないという。

「柳《リュウ》家も盛大に祝いを出すそうで、大忙しなんだとか。護衛長が言ってました」

ふぅん、と私は相槌を打つ。

「李《リ》家がこのまま衰退すれば、五大家の力関係が崩れるから……。今回のことは柳《リュウ》家にとっても悪い話じゃないってことなんでしょう」

「そのようで。凜風《リンファ》様をあの家に押し込むのは、いよいよ諦めたのですね」

「ふふっ、そうみたいね」

李《リ》家を乗っ取ることに父は長く執着していたが、蒼蓮《ソウレン》様と私が縁づく方が利は多いと判断したのだろう。

私としても、李睿《リルイ》様がご結婚なさるとなれば自分が嫁ぐ可能性が消えるので単純にホッとするし嬉しい。

「幸せになっていただきたいわね」

元左丞相の騒動では、李睿《リルイ》様はご苦労なされたはず。

黄淑珠《ファンシューズー》様と幸せになって欲しい。

明るい空を見上げれば、またすぐに次の季節がやってくるのだとそんな気がした。後宮で迎える二度目の夏は、どんな風に過ぎていくのだろう？

後宮にいると外の世界のことは伝え聞くだけで、まるで遠い国の話のようだ。

藍鶲《ラングウ》も私と同じように空を見上げ、平穏な日々に少し戸惑う様子で「はい」と言った。


大きく息を吸い込めば、濃い木々の香りがする。

湿気た土や枯草を踏みしめて歩くのは、なかなかの体力が必要だった。

「紫釉《シユ》陛下、ご覧ください。立派な鹿でございます」

「おぉ……。これはすごいな」

宮廷から半日ほどで行ける深い森の中、武官らが競い合うようにして獲物を狩ってくる。その多くが鳥であったが、武官に紛れて弓を引く黎《レイ》左丞相が獲ってきたのは巨大な鹿だった。

紫釉《シユ》様は手を叩いて「すごい」とお喜びだが、私と静蕾《ジンレイ》様は気が遠くなりそうになっている。目の前には矢の刺さった鹿がいて、今の今まで元気に駆け回っていたのかと思うと何とも言えない気分だ。

私たちが日頃おいしいものを食べられるのは、こうして狩ってきてくれる人たちがいるからだとはわかっているし、命はいつだってこうして摘まれていっている。

ただし、頭で理解していても実際に狩りに同行するのは初めてで、私たちは戸惑うばかりだった。

「お二方、顔色が悪いようだが天蓋で休まれてはいかがか？」

「お気遣いありがとうございます」

「だ、大丈夫にございます……」

世話係が紫釉《シユ》様のおそばを離れるわけにはいかない。私たちはひたすら耐えていた。

紫釉《シユ》様はというと、黎《レイ》左丞相の足元にくっついて鹿を指で恐る恐る触ってみたり、その尾を持ってみたりと興味津々だ。

高堅《ガオシャオ》少年は、「紫釉《シユ》様に炸鶏《ザーチ》を作って差し上げるのだ」と鳥を手にはりきっていた。

藍鸞《ラングウ》は見事な包丁さばきで鳥の血抜きを行っていて、どう見ても宮女のそれではないのだが、誰も違和感を口にする者はいない。武官らは童心に返って狩りを楽しんでいて、「光燕《コウエン》の男子たるもの狩りは嗜み」という言葉を思い出した。

「凛風《リンファ》、静蕾《ジンレイ》、大きな羽根だ！」

「!?」

茶色い大きな羽根を持った紫釉《シュ》様が元気いっぱいに駆けてくる。

それは一体、何の羽根ですか!?

私たちはびくりと肩を揺らし、けれどその場を取り繕って笑顔を作る。

「よかったですね、大きい羽根があって」

「とても気持ちいいぞ？　触ってみよ」

あぁ、純粋な目がつらい。

そろそろと指を伸ばし、羽根に触れれば確かにふわりと柔らかい感触だった。

「これは？」

「フクロウだ」

「フクロウだなんて不吉な……！」

静蕾《ジンレイ》様が悲鳴に似た声を上げる。

フクロウやカラスは嫌われる鳥で、いずれも縁起が悪く不吉な鳥とされているから無理もない。

「あの不吉な鳥がこのように柔らかな手触りなのですか」

意外だった。

私は紫釉《シユ》様の持っておられる羽根に再び触れる。

そのとき、大勢の武官を引き連れた蒼蓮《ソウレン》様が笑顔でお戻りになられた。上下赤の装束に黒い革の防具をつけたお姿は、いつもより凜々しく頼もしい。

「紫釉《シユ》陛下、よい土産を持って帰ってきましたぞ」

「蒼蓮《ソウレン》、何を狩ったのだ？」

その言葉に、蒼蓮《ソウレン》様は後ろを振り返った。視線の先には、武官らが四人がかりで運ぶ大きな猪がある。

「五本の矢でようやく深手を負わせましたが、ひどく暴れましてな」

「それは大変であったな。蒼蓮《ソウレン》、怪我はないか？」

心配そうな目を向ける紫釉《シユ》様に、蒼蓮《ソウレン》様はにこりと笑って言った。

「ええ、この通り無事にございます。これだけ武官がいて私に何かあれば、全員降格では済みませぬから必死でがんばってくれました」

おかわいそうに。

ちらりと武官らを見れば、その顔に疲労が伺えた。

そもそも急に狩りへ行くことになったのだから、何かと準備が大変だっただろうな。本来の予定は、大神《ターシエン》教の寺院へ六歳を迎えた挨拶のお参りをするだけだったのに、なぜか黎《レイ》左丞相が「ついでに狩りも経験しては？」と提案なさったそうで、急遽《きゅうきょ》このような催しが追加された。

私たちお世話係や宮女たちも振り回されたが、武官らはきっと比でないほどに大忙しだっただろう。いつもありがとうございます、という念を込めて彼らに視線を送っていると、蒼蓮《ソウレン》様が笑顔で私の前にスッと移動して視線を遮った。

「せっかく無事に戻ってきたのに、そなたから労《ねぎら》いの言葉はないのか？」

微笑みが黒い。

私以外を見るな、とでも言っているかのようで心臓がどきりと跳ねる。

「ふふっ、ご無事のお戻りでようございました。あちらにお茶のご用意ができております」

少し離れた場所に天蓋があり、そこには桜綾《ヨウリン》ら宮女や使用人が休憩の準備をしてくれていた。紫《シ》釉《ユ》様と食事を召し上がるのもその天蓋の中で、いつでも使えるよう整えられている。

「まずは土を落とし、お体を清められるのがよろしいかと……」

そう言って厚手の手巾を差し出せば、蒼蓮《ソウレン》様は手巾ごと私の手を握って微笑みかけた。

「ありがたく使わせてもらおう。そなたが世話をしてくれるか？」

「っ!?」

からかわれているのはわかっている。

でも、どう返事をしていいかわからず頬が熱くなるのを感じた。

「あまり強引になさると嫌われますぞ」

背後から黎《レイ》左丞相の声がした。

クッと笑いを漏らすその様子は、蒼蓮《ソウレン》様に喧嘩を売っているような気が……。

案の定、蒼蓮《ソウレン》様はムッとした顔つきになる。

「ここに、最も射るべき獲物がおるのを忘れていたな」

森の中に漂う空気が、一気に冷えていく気がした。

武官らが一斉に動きを止め、存在感を消そうとしている。今だけは関わりたくない、そんな心の内がひしひしと伝わってくる。

「おや？　どこですか？　元最高位武官として責任を持って狩ってきましょう」

わざとらしく周囲を見渡す黎《レイ》左丞相。

蒼蓮《ソウレン》様のことを小さな子どものように軽く受け流し、あははと笑って見せた。

「たかが猪に弓五本とは……。燈雲《トウウン》様であれば、獲物が死んだことに気づかぬくらい鮮やかに仕留めたでしょうね」

「はっ、兄上は弓など持たぬ。刀で直に斬るのを好む方だったが？　黎《レイ》よ、いよいよ耄碌《もうろく》したか」

「たとえ話ですよ。戯言《ざれごと》をいちいち本気になさるとは、蒼蓮《ソウレン》様はおかわいらしいですね」

「秀英《シュイン》、弓を寄越せ」

「何を射るつもりですか!?　ダメですからね!?」

そばで見守っていた兄がぎょっと目を見開く。

お二人とも本気ではないと思うけれど、どうか紫釉《シユ》様の前で喧嘩はしないで欲しい。そう思っていたら、紫釉《シユ》様の明るいお声で全員がはっと我に返る。

「蛇はおらぬのか？　我は蛇も見てみたい！」

衣をぎゅっと引っ張られた蒼蓮《ソウレン》様は、その純真無垢な瞳に動きを止めた。

「蒼蓮《ソウレン》、蛇は？」

「……お望みとあらば探してきましょう」

蒼蓮《ソウレン》様が武官を一瞥すると、彼らはすぐさま蛇を探しに行く。

まさか、彼らも上級武官になって蛇探しをするとは思わなかっただろうな……。

いってらっしゃいませ、と私と静蕾《ジンレイ》様は彼らに一礼した。

「さて、私もまた狩りへ参るとしましょうか」

世話役から大きな刀を受け取った黎《レイ》左丞相が、そう言って不敵に笑う。その表情が遊びに向かうような雰囲気ではなく、あまりに覇気を感じるもので少し恐ろしかった。

「――手伝いは必要か？」

蒼蓮《ソウレン》様が、己の脇を通り過ぎようとした黎《レイ》左丞相に低い声で問いかける。

「あいにく、楽しみを譲って差し上げるほど器が大きくありませんでなぁ」

明るい髪を靡《なび》かせた黎《レイ》左丞相は、多くの武官を引き連れ森の中へと消えていった。

あれほどの人数で獲物を狩るとは……？

私が何か尋ねるより先に、兄が紫釉《シユ》様にそろそろ休憩にしようと提案する。

「高堅《ガオシャオ》と藍鷂《ラングウ》がはりきっておりますから、ぜひ食べてやってください」

「うん！」

鬱蒼《うっそう》とした森の中でも、紫釉《シユ》様の明るい笑顔は私たちの心を和ませてくれる。

初めての狩りはとても順調で、紫釉《シユ》様はいつもよりずっとはしゃいでおられた。


大神《ターシエン》教の寺院は光燕《コウエン》に二十カ所あり、そのうち皇族が訪れる本山は三カ所。

今回私たちが訪れた雲龍《イエンロン》寺は、首都黒陽《ヘイヤン》のすぐ南にあり、宮廷関係者も参拝に訪れる馴染み深い場所だ。

「ふぁ……」

馬車に揺られているせいで、紫釉《シユ》様が眠そうな目であくびをする。

初めて天蓋で寝起きし、疲れが抜けていないのかもしれない。

馬車は速いが、揺れと音が大きいので会話もしにくい。退屈した紫釉《シユ》様が眠くなるのも仕方がなかった。

「まもなく着きますよ」

静蕾《ジンレイ》様が優しく声をかける。

ほどなくして馬車は停まり、たくさんの僧たちが紫釉《シュ》様を待ち構えていた。

鶯《うぐいす》色の法衣を纏った短髪の男たちは、皆一様に片膝をついて合掌している。その光景は圧巻で、紫釉《シュ》様も思わず驚いた顔をなさっていた。

「第十七代皇帝陛下、ご顕現にございます！」

官吏が大声で叫び、耳が痛いほどの銅鑼《どら》の音が鳴り響く。微動だにしない僧たちは、険しい顔つきで待機していた。

馬車を降りた紫釉《シュ》様は、艶やかな空色の法衣の裾を左手で持ちながら彼らの前に立つ。ここでようやく、雲龍《イエンロン》寺最上位の僧である慧聖人《フウイしょうにん》が恭しく声をかける。

「ようこそいらっしゃいました。陛下のお心に元始《げんし》様の光が宿りますように……」

彼は三度の礼をした後、清められた水を盃に入れて紫釉《シュ》様に献上する。それを受け取った紫釉《シュ》様は、飲むふりをしてから再びそれを彼の手に戻した。

一連の流れはあらかじめ打ち合わせが行われており、皇族の参拝に必要な儀式は恙なく行われていく。

門をくぐるときはまず左足から、元始様の像に祈りを捧げるときも左手を上にして合掌し、また左足から下がって退出する。

紫釉《シュ》様はゆっくりとした所作で、教わった通り一つ一つ丁寧に終えられた。

慧聖人《フウイしょうにん》は満足げな様子で、寺院の中を案内してくれる。

「こちらが本殿で、あちらに見える三つの塔が修行の場となっております。ここで十年の修行を終えれば、また別の寺院へ移って心身を鍛えるのが決まりでございます」

三つの塔はいずれも最上階まで階段が続いていて、僧たちは毎日上り下りして祈りを捧げ、心身を鍛えるのだとか。

「上まで階段が続いておるのか？」

「途中、足場がなく腕の力のみでよじ登るところもございます」

「それはすごいな！」

「己を鍛えるには必要なことなのです。陛下もご決心がつきましたらいつでもどうぞ」

慧聖人《フウイしょうにん》は、穏やかな口調で笑いかける。聞く人が聞けば「出家歓迎」とも取れるこの言葉に、

「陛下に対してなんと無礼な」と周囲の空気はややひりついた。

紫釉《シユ》様はそのような空気に気づかず、無垢な瞳で問いかける。

「我はいつでもここに来てよいのか？」

「はい。皇族の方々は龍の神子《みこ》、私どもにとっては元始様と同じく尊きお血筋にございます」

そうか、と納得した紫釉《シユ》様は一つに結んだ黒髪をふわりと揺らし、くるりと振り返った。

「麗孝《リキヨウ》は塔に登れるのか？」

ふいに話しかけられた麗孝《リキヨウ》様は、驚きつつも冷静に答える。

「紫釉《シユ》様が登るとおっしゃるのならついていきます。護衛がおそばを離れるわけにはいきませんの

で」

気が進まない、という本音が透けて見える。

そんな麗孝《リキヨウ》様を見て、慧聖人《フウイしょうにん》がにこやかに笑いかけた。

「おや、遠慮なさらず。姜麗孝《ジャンリキヨウ》様なら僧よりも早う戻ってこられるでしょう」

「ははは、それはまた随分と高い評価ですね」

「何事も天の思し召し。これも好機だと思いませぬか？」

二人の間に流れる雰囲気が、どこかとげとげしいように感じる。

私は冷や冷やしながら見守っていた。

「天の思し召し、とはありがたいことです。なれど、私は己の意志を後押ししてくれるのが元始様の御慈悲だと思っておりますので」

麗孝《リキヨウ》様は、相手を立てながらもきっぱりと断り、この話を終わらせた。

そうですか、と慧聖人《フウイしょうにん》もあっさりと引き、次なる場所へと向かおうとする。

この方は、優しげだけれど実は恐ろしい人なのかも……。

そんな風に疑いながら慧聖人《フウイしょうにん》の背を見つめていると、ふと振り返った彼と視線がぶつかる。

不躾《ぶしつけ》に視線を送っていたのを恥じてどきりとするも、彼は少しだけ微笑むとすぐにまた前を向いた。

やはり、どこか得体の知れない恐ろしさを感じる。

決して胸の内を明らかにしない、僧というよりも宮廷側の人間と似た雰囲気がすると思った。

紫釉《シユ》様の後に続く蒼蓮《ソウレン》様と兄は、いつも通りの澄まし顔を保っている。さきほどのような空気感も、宮廷ではよくあることなのかもしれない。

「どうかしましたか？」

「いえ、何も」

静蕾《ジンレイ》様に尋ねられ、私は慌てて首を振った。

紫釉《シユ》様は高い塔をもう一度見上げ、「いつか大きくなったら登ってみる」とおっしゃってからその場を後になさった。


大神教《ターシエン》の僧は、俗世を離れて厳しい修行を積むことで真人《まひと》（仙人）になり、人々を繁栄へと導く存在になると言われている。

ところが、昨今は怪しげなまじないや祈禱《きとう》を行う宗派もあり、蒼蓮《ソウレン》様は寺院と慣れ合うことを嫌っておられた。

そういう事情があり、紫釉《シユ》様が六歳を迎えるまでは最低限の葬礼や式典などでしか宮廷に僧がやってくることはなく、第十七代皇帝陛下として寺院を訪れたのもこれが初めてのことだ。

宮廷とは趣の違う建物や風景を見て、紫釉《シユ》様は物珍しさにあちこち探索したがった。

すでに参拝は済ませていて、夕餉の時間までは自由にしていいと言われれば、すぐにでもあちこち見て回りたい……というのが紫釉《シユ》様の御希望だった。

だが、六歳の体力はそこまで保たず、昨日の狩りの疲れもあり用意された寝所ですやすやと午睡に入られた。

私は、藍鵜《ラングウ》が「何かあったときのために位置関係を把握しておきたい」と言うので、一緒に寺院の敷地内を見て回ることに。

「ここから川が見えるのですね」

寺院の裏手にある小高い丘を上っていけば、眼下には細い川が流れているのが見えた。ざぁざぁと勢いよく流れる音と濁ったその色から、数日前の雨によって増水しているのが伺える。

一緒に来てくれた麗孝《リキヨウ》様によると、小舟が通れるくらいの川幅のここは黒魚《ヘイユイ》川の分流らしい。

「これがあるから、僧たちはこんな辺鄙《へんぴ》な場所でも生きていけるんだ」

「辺鄙とは……？　街も近いし、そのような場所には思えませぬが」

不思議そうな顔をする藍鵜《ラングウ》に、麗孝《リキヨウ》様は笑って答える。

「僧は基本的に金銭のやりとりをしない。少なくとも表向きはそうなってるから、街が近くても物が買えるわけじゃないからな。ここには畑もなく、食糧はすべて寄付でまかなっている。あるのは水だけ、そんな場所を辺鄙と言わず何と言うんだ？」

「俗世との関係を絶つといっても、食糧がなくては修行もままならない……。彼らは一体何がしたいのですか？」

「何って、信心だけで動いてるんだよ」

「はぁ？」

藍鷂《ラングウ》は大神教《ターシエン》の信者ではないから、寺院の仕組みそのものが理解できないと言いたげに首を傾げる。

けれどここは寺院の敷地内だから、彼らのことを否定するようなことは言って欲しくなくて、私は藍鷂《ラングウ》がこれ以上何か言わないように会話に割って入った。

「麗孝《リキヨウ》様は大神教《ターシエン》をよくご存じですね」

「ん？　あぁ、十二のときに一度入れられたからな」

「僧としてですか？」

驚く私に、麗孝《リキヨウ》様は笑いながら「よくあることだ」と言った。

李《リ》家の分家である姜《ジャン》家は男児が多く生まれる家系で、跡目争いが発生するのを防ぐべく、子を僧にするのはよくあることらしい。

「うちの兄は、凜風《リンファ》のところと違ってあまり出来がいい方じゃなくてな。でも、父は生まれてきた順番通りに家を継がせたがった。それで、兄より出来のいい俺は争いを避けるために寺に入れられたんだ」

「そうだったのですか」

「でもその兄が女関係のいざこざで刺されて家を継げなくなって、しかも二男は婿入りした直後で呼び戻せる状況じゃなかった。たった一年で俗世に呼び戻されて、護衛武官にされたんだよ」

「さらっとおっしゃいましたが、わりと大きな事件が起こっていますよね？」

女関係で刺されて、とは一体？

麗孝《リキョウ》様はそれすらも「よくあることだ」と笑い飛ばす。

それもよくあることなの？

跡取りなのに一体何をしているのかと呆れる私に、麗孝《リキョウ》様は「出来がよくないって言っただろう？」と苦笑いする。

「何と言いますか、大変な半生にございますね」

私もこれまで五大家の娘として何かと翻弄されてきたけれど、麗孝《リキョウ》様は私など比ではないほど家に翻弄されていた。

とはいえ、本人は大したことじゃないみたいに朗らかだ。

「まぁ、結果として悪くなかったと思ってる。天の思し召しだよ」

そんな風になる前にもっと早く助けてもらいたい、と思うのは贅沢なんだろうか？

「今の暮らしは幸せなもんだよ。後宮の食堂で出る肉や魚はうまいしな」

僧は肉や魚を食べない。

麗孝《リキョウ》様は、僧だった約一年間はそれが本当に苦痛だったと語った。

ここで私はふと尋ねる。

「もしかして、慧聖人《フウイしょうにん》とはそのときのお知り合いだったのですか？」

「いや？　直接会ったのは十八で蒼蓮《ソウレン》様の護衛になってからだから、子どもの頃は会ったことがないな」

「では、なぜお名前をご存じだったのでしょう？」

「姜《ジャン》家は僧をよく出す家柄だから、それで覚えてたんじゃないか？　……藍鴗《ラングウ》、どうした？」

話の途中、少し離れたところで木々の間を見つめる藍鴗《ラングウ》に麗孝《リキョウ》様は目を留める。崖の手前で立ち止まった藍鴗《ラングウ》は、木漏れ日の差し込む枝葉をじっと見つめていた。

何か気になることでも？

彼の視線を辿ってみるが、特に何かあるようには見えない。

近づこうと一歩踏み出せば、パキッと小枝が折れる音がした。

「そこに何かあるの？」

「さっき、布のような物が引っかかっている気がしたのですが……。見間違いでしょう」

藍鴗《ラングウ》は少し考えるそぶりを見せつつも、すぐに諦めて踵を返す。「足元に気を付けて」と先導され、私は来た道を帰っていく。

「上るのはつらかったけれど、帰りは下るだけだと思えば気が楽です」

笑いながらそう言った私に、麗孝《リキョウ》様がにやりと口角を上げる。

「凜風《リンファ》。体感では上りの方がつらいが、体に負荷がかかるのは下りだぞ」

「えええ……？」

「なるべく膝を曲げて、体重を逃がしながら歩け」

「いきなり言われても無理ですよ」

手を離すと、藍鶲《ラングウ》はひょいひょいと跳ねるようにして軽やかに下りていく。またもや宮女の動きではないのだが、もしや女装していることを忘れている……？馴染んでいるのを褒めるべきなのか、嘆くべきなのか。私は懸命に後を追って坂を下りていった。

■■■

すっかり夜が更けた頃、不気味なほど静けさが漂う寺院の廊下でかすかに衣擦れの音がした。

横になり寝入っているように見えた秀英《シュイン》が、異変を察知しすぐに上半身を起こして暗闇に目を凝らす。

見張りが笛を吹かないことから、やって来たのは敵ではないと判断した。

（……蒼蓮《ソウレン》様は起きておられるか？）

奥の間を一瞥し、自分よりも気配に鋭い蒼蓮《ソウレン》のことを考える。

それと同時に、灯りも持たずにやってきた来訪者がスッと扉を開いた。

「秀英《シュイン》様」

声を潜めて入ってきたのは、武官姿の藍鷁《ラングウ》だ。木々の匂いがして、外から戻ってきたばかりだとわかる。

秀英《シュイン》は警戒を解き、寝台から足を下ろして座り直した。

「何だ？」

ここは大神《ターシエン》教の寺院で、ある意味では宮廷内より安全と言える。密偵が何か報告に来ることはあっても、藍鷁《ラングウ》が来るというのは予想外だった。

「舟が止まり、僧が銀を受け取っていました」

昼間に見た、枝に巻かれた赤い布。それが気になった藍鷁《ラングウ》は、皆が寝静まった後に再び様子を見に行っていた。

そこに現れたのは、小舟に乗った三人の男たち。彼らは用意された縄を伝い、待っていた僧と何かの受け渡しを行っていた。

「舟の先端にあった鏡は、質のいい陶《タオ》製です。僧が受け取った袋には菊の花模様が……」

「菊？」

「はい。客商、莫《モウ》の紋です」

「そうか…………、ってまさか僧から奪ったのか？」

秀英《シュイン》はぎょっと目を見開き、「何をやっているのだ」と呆れる。

一方で、藍鷁《ラングウ》は何の感情もない目で右手に握った袋をそっと出して見せた。

「これです」

「うん、捨ててこい」

どうしてこんなことになったのか？

秀英《シュイン》は心の中で嘆く。

「莫《モウ》は三大客商、それが僧と何かを売り買いしているとなれば問題では？」

眉根を寄せる藍鴒《ラングウ》は、蒼蓮《ソウレン》らがここに来た本当の目的を知らない。

秀英《シュイン》は、余計なことはするなと告げる。

「おおむね把握している。おまえは凜風《リンファ》のそばについておれ」

「えっ」

藍鴒《ラングウ》は不満げな目をする。表情にあまり変化はないが、長年見てきた秀英《シュイン》には彼の考えていることがわかっていた。

「おまえの気持ちはわかる。だが今はその時ではない」

「なぜです？　ここに証拠の品があり、やつらの顔も覚えていて、しかも積み荷も少し取って……」

「あああああ！　何も見るな、覚えるな、気にするな！」

頼むから黙ってくれ、と秀英《シュイン》は右手で藍鴒《ラングウ》の口を塞ぎ、二人はもつれるようにして床にどさりと倒れた。

ゴンッと鈍い音がして、後頭部を打った藍鶲《ラングウ》が痛みで目を眇《すが》める。「しまった」と秀英《シュイン》が身を起こそうとしたそのとき、奥の間から朱色の寝衣を纏った蒼蓮《ソウレン》が現れた。

「何を騒いでいる?」

「あ」

深夜の寝所で、床に押し倒される美貌の青年とそれを押し倒している側近。

(まずい……)

どう見ても誤解される状況だと思った秀英《シュイン》は、さぁっと血の気が引いていくのを感じた。

「秀英《シュイン》」

蒼蓮《ソウレン》はぴたりと動きを止め、そして一拍置いてから告げた。

「静かにやれ」

「あああああ! 違いますから!」

慌てて立ち上がる秀英《シュイン》に続き、藍鶲《ラングウ》はゆっくりと身を起こし座り直す。床に落ちていた袋をそっと手繰《たぐ》り寄せてから顔を上げれば、蒼蓮《ソウレン》と目が合いびくりと肩を揺らした。

「菊か」

薄暗い部屋でにやりと笑う蒼蓮《ソウレン》は、不気味なほどに美しい。

そして、悪寒がする。

よからぬことを思いついたのでは……と、秀英《シュイン》が警戒したときにはもう遅かった。

「何か面白いことがあったようだな。話してみよ」

有無を言わさぬ圧に、姿勢を正す藍鴉《ラングウ》。だが、主の許可なくしては何も話すことはできない。藍《ラン》鴉《グウ》は、伺うような目で秀英《シュイン》を見た。

「直接ご報告申し上げろ」

はぁとため息をついた秀英《シュイン》は、乱れた襟元を直しながらそう命じた。

第五章　天の思し召し

「これでよいか？」

寺院に泊まった翌朝。紫釉《シユ》様は、早朝から聖典の言葉を読み上げては書き写すのを繰り返している。

これは僧の日課だそうで、皇帝陛下といえど、ここに泊まった者は皆同様に行うらしい。

私たちは紫釉《シユ》様のお手伝いをして、書き写した紙を机に並べて乾かしていた。

「とてもお上手ですわ」

静蕾《ジンレイ》様が微笑む。

この一年で随分と字がお上手になった紫釉《シユ》様は、子どもとは思えないくらいしっかりとした字を次々と披露してくれた。

慧聖人《フウイしょうにん》も満足げに頷き、「ようございます」と褒めてくれる。

「そういえば、藍鶲《ラングウ》の姿が見えぬが……？」

周囲を見回し、紫釉《シユ》様がふとお尋ねになった。

私は安心させるように笑みを浮かべ、状況を報告する。

「風邪を引いたのかも、と……。少し休めばよくなると言うので、寝所で休ませています」

今朝起きたとき、藍鴒《ラングウ》が珍しく『体調が悪い』と青い顔をしていたので驚いた。薬を飲むほどのことではないが、護衛として動けそうにないということで少し休むように命じている。

こんなことは初めてで、とにかくゆっくり休みなさいと言って私だけ出てきたのだ。

「それは心配ですね。風邪ならば仕方がないですが、水にあたったのであれば大変です。薬がいるのでは？」

静蕾《ジンレイ》様のお言葉に、紫釉《シユ》様もうんうんと頷く。

まもなく朝餉の時間になるので、そのときに薬と食事を持って見舞うことにした。

「宮女のために薬を、とは……。紫釉《シユ》陛下はお優しいのですね」

慧聖人《フウイしょうにん》が穏やかな顔でそう言った。

考えてみれば、普通は一人の宮女のために薬を持っていってやれと言う主人はいないだろう。

紫釉《シユ》様は幼い頃にお母上と引き離された上、乳母は病で療養中、そういう事情もあってご自分の周囲の者がいなくなることを嫌がるので、藍鴒《ラングウ》のことを心配するお気持ちはよくわかった。

私は藍鴒《ラングウ》の代わりにお礼を述べる。

「ありがとうございます。よう伝えておきます」

「うん。夕刻にはここを発つから、元気になっているとよいな」

「はい、そのように」

にこりと笑えば、紫釉《シユ》様もまた柔らかな笑みを浮かべた。

鳥の囀《さえず》りに草木の香り。粥《かゆ》の入った椀と薬の包みを持った私は、急ぎ足で藍鴞《ラングウ》の元へ向かっていた。

少し遅くなってしまったから、お腹を空かせているかも……。

いや、それ以前に食欲があるのかどうか？　喜怒哀楽が薄いあの子も、この薬を飲んだらその苦さに顔を歪めるだろうな。

そんなことを考えながら先を急ぐ。

「凜風《リンファ》様ぁ」

一緒についてきてくれた桜綾《ヨウリン》が、つらそうな顔を見せる。

「足の裏が痛いです」

「わかるわ」

敷き詰めてある大小様々な石が靴の裏で主張してきて、いつも美しく整えられている後宮とは違って歩きにくい。

甘やかされた私たちに、寺暮らしは無理だろうな。環境にせよ、食べ物にせよ、こうして外に出てみるといかに自分が恵まれているかを実感する。

大きな塔を横目に見ながら、二人並んで歩いていく。

「やっと着きましたね」

水を入れた桶を持っている桜綾《ヨウリン》は私より疲れたはずなのに、明るく笑って言った。

「藍鶲《ラングウ》、具合はどう……？」

中へ入ると、七つある寝台に人の姿はない。

ここで寝ていたはずの藍鶲《ラングウ》は、どこにも見当たらなかった。

「いない？」

「どちらへ行かれたのでしょう？」

宮女が寝泊まりしているのはここしかなく、奥まで捜そうにも二間しかないのですぐに見渡せる。

私たちは、朝餉と水を手にしたまま途方に暮れた。

「元気になってここを出たのでしょうか？　入れ違いになったのかも」

藍鶲《ラングウ》がここにいないのであれば、紫《シ》釉《ユ》様の元へ引き返すしかなかった。二人して顔を見合わせ、どちらからともなく外へ出る。

ところが、外へ出てすぐ林の方へ行く人影が視界に入り、よく見れば濃茶色の装束を纏った僧たちだということに気づく。

「？」

年若い僧が五人、うち一人は何か大きな荷を脇に抱えている。

「ひっ……！」

――ガタンッ!!

桜綾《ヨウリン》が小さな悲鳴を上げ、彼女が落とした桶が地面にぶつかり水が飛び散る。

「藍鶲《ラングウ》……！」

荷物に見えたそれは、気を失っている藍鶲《ラングウ》だった。桜綾《ヨウリン》が驚いて悲鳴を上げるのも無理はない。

大柄の僧たちは、私たちを見つけ揃って険しい顔をする。彼らが振り向くと同時に、藍鶲《ラングウ》の髪がさらりと揺れた。

彼らは何やら言葉を交わし、二人がこちらへ近づいてくる。

いけない。

身の危険を感じた私は持っていた椀を捨て、とにかく逃げなくてはと桜綾《ヨウリン》の手を取った。

「走って！」

「は、はい！」

しかし、駆け出した私たちの行く手を阻んだ人がいた。

「まったく、心配して来てみれば……。あれほど目立つことは控えよと言ったのに、困りましたね」

「慧聖人《フウイしようにん》」

どうしてここに？　紫釉《シユ》様と朝餉を召し上がっていたはずなのに……。

彼は僧たちを導く立場のはずなのに、彼らの行いを嘆きこそすれ否定はしていないように見えた。

その笑顔が恐ろしくて、心臓がどきどきと速く鳴り続けていた。

「連れて行け」

「っ！」

慧聖人《フウイしょうにん》が命じると、僧の一人が桜綾《ヨウリン》の腕を掴んだ。

「きゃあ！」

「桜綾《ヨウリン》！」

ここから逃げることもできなければ、藍�《ラングウ》を助けることもできない。

不安で足が竦む。

けれど、ここで怖がる様子を見せるわけには…………！

ぎゅっと唇を噛んだそのとき、背後の僧が突然ばたりと倒れる。

「がっ……！」

何が起こったのかわからなかった。

僧が倒れたと思ったら、次の瞬間には私は誰かに強引に抱えられ、瞬く間に彼らから離れていく。

自分が連れ去られているのだと気づいたときには、すでにかなりの距離が空いていた。

「っ!?　鸞《ルアン》!!」

お腹に回された逞しい腕は、柳《リュウ》家の護衛である鸞《ルアン》のものだった。

いつもは兄上についているのに、なぜここに!?

驚き目を瞠る私に、彼は走りながら淡々と告げた。

「秀英《シュイン》様より『傷一つつけるな』と命じられております」

「兄上から!? でもこのままじゃ、藍鶲《ラングウ》と桜綾《ヨウリン》が……!」

鸞《ルアン》は私を助けることを優先し、二人を置き去りにしてその場を離れる。

仕方がないとは理解している。護衛は命じられた通りにしか動けないから。

鸞《ルアン》は正しい。けれど、私だけ逃がされるなんて……!

どうすることもできず、悔しさから鸞《ルアン》の肩にぎゅっとしがみつく。

なぜ藍鶲《ラングウ》が僧に捕まっていたの？ 兄上は何を知っているの？

わからないことばかりで、残された二人を思うと苦しくて堪らなかった。


皇族とその側近にと用意された、寺院とは思えぬ豪奢な一室。金銀が贅沢にあしらわれたそこで、兄は待っていた。

着替えを済ませた私は、鸞《ルアン》に案内されてここへ来た。

そして、決して目を合わせようとしない兄に詰め寄っている。

「どういうことですか⁉　藍鴝《ラングゥ》を使って何をなさっているのです⁉」

身の危険がなくなると、少し冷静に考えることができた。藍鴝《ラングゥ》が僧に抱えられていたのは、おそらく気絶したふり。あの子が簡単に連れ去られるわけがないから、きっとそうなるように仕向けたのだろう。

そもそも、今朝の体調不良が仮病だったのでは？

そう考えれば、兄が私に鸞《ルアン》を密かにつけていたのも納得がいく。

藍鴝《ラングゥ》が彼らに攫われるのは、計画通りだった。でもそこへ、紫釉《シユ》様に急遽命じられた私たちが食事を運んできてしまったから予定が狂ったのだと予想した。

「藍鴝《ラングゥ》だけでなく、桜綾《ヨウリン》までが攫われました……！　どうか事情を話してください」

「あの宮女まで攫われたのは想定外だった。ただ、すべて話すのはあいつが望んでおらぬ」

「なぜですか⁉」

今は私の護衛のはず。

しかもこんなことになったのだから、黙っているのはさすがにおかしい。

「私はいつも何も知らされず……！」

李仁君《リレンジュン》に命を狙われたときも、瑞《ロイ》の特使だった希鋒《シーフェン》様のときもそう。私は何も知らされない。

「今回のことも、万事うまくいくよう動いてはくださるのでしょう。なれど、何一つ教えてもらえぬというのはあまりにつらいです。どうか話してください……！」

不安と怒りでいっぱいの私を見て、ずっと渋い顔をしていた兄はついに諦めた。

「はじまりは、黎《レイ》殿の提案だった」

そういえば、昨日からお姿を見ていない。狩りの後、どこへ行ってしまったのか……。

「光燕《コウエン》や近隣諸国でよからぬ薬が出回っているのは知っているか？」

「薬、ですか？」

「気鬱に効く香や飴のことだ」

「そういえば、黎《レイ》左丞相に忠告されたことがあるような」

あれは、黎《レイ》様が左丞相になられてすぐのこと。

──気鬱に効くという飴が流行ってはおりませぬか？

──絶対に食べてはなりませんよ。

私の周りではそのようなものを口にしている宮女はおらずすっかり忘れていたが、兄によれば黒陽《ヘイヤン》の街でかなりの被害が出ているらしい。

「最初は気持ちが強うなった心地になり、これはいいと買い求める。しかし依存性が高く、次第にそれがなくては起き上がることもままならなくなるのだ」

「そんな物が……」

「黎《レイ》殿はずっとその出所を追っていて、陶《タオ》から入ってきたそれを一部の僧が広めているのではという疑惑が持ち上がったのだ」

陶《タオ》といえば、敬虔な大神《ターシエン》教徒の多い国だ。

戒律を重んじ、何においても厳しく取り決めがあると聞く。

「陶《タオ》がそんな薬を？」

意外だと目を丸くする私に、兄は嘆くように話を続ける。

「戒律の厳しい国は、人々が心の拠り所を探す。表で厳しくすればするほど、裏では犯罪が横行するものだ」

「そんな……」

「しかも、運んでいるのは大神《ターシエン》教の一部の僧たちだ。僧が運ぶ荷は検問が緩くなるから、そこを突かれた」

黎《レイ》左丞相が突き止めた事実は、とても表に出せないような話だった。僧侶がその立場を利用し、人々を苦しめる薬を流行らせているなんてにわかには信じがたい。

兄も最初は信じられなかったと言い、ため息をついた。

「聖典や御仏の像、法衣に紛れさせて運べば異国へ持ち運ぶことも容易い。しかも、かねてより大《ター》神《シエン》教と懇意にしていた客商の莫《モウ》がそれを支援している」

黎《レイ》左丞相は彼らを捕縛するため、ありとあらゆる手を使って証拠を押さえようとした。蒼蓮《ソウレン》様もすべてご存じで、父も水面下で手を尽くしていたと兄は言う。

「相手も警戒心が強く、すぐには尻尾を出さぬ。そこで、ほかの客商の協力を得て取引現場を押さえることにしたのだ」

「まさか、それが今なのですか？」

兄は静かに頷く。

昨日から黎《レイ》左丞相の姿が見えないのは、莫《モウ》の帆船を調べに向かっているからだった。

「問題は、いつどのようにして取引を行っているか……だった。莫《モウ》が薬の材料を仕入れ、僧たちが調合しているのは間違いないが、現場を押さえねば法が通じぬ僧らを捕えることはできぬ。莫《モウ》の船が黒陽《ヘイヤン》に入ってくる日時はすぐにわかるから、その日に大神《ターシエン》教側の中心人物《慧聖人》が動けぬよう紫釉《シュ》様の参拝の予定を早めれば尻尾を出すかも、というのが黎《レイ》殿の見立てだった」

「皇族の参拝があれば慧聖人《フウイしょうにん》は必ず出迎えなければならぬから、ですね」

私たちがここへ来たのは、ただの足止めで危険は何もない。そのはずだった。けれど、藍鷸《ラングウ》が偶然にも「取引の合図」を見つけてしまった。

私と共に出かけた場所で、寺院に寄らずとも舟から確認できる赤い布を見つけた藍鷸《ラングウ》は、それを兄に報告したらしい。

「川沿いの木に結んであった赤い布は、調合の準備が整っているという目印だったのだ。川が増水すれば容易に小舟で乗り付けられるから、莫《モウ》は合図を確認した夜に僧らを乗せて本流の帆船へ合流していた。黄《ファン》家の船に武官を潜り込ませて川の本流は見張っていたが、まさか分流から直接寺院に乗り付けて取引を行なっているとは……」

「彼らはいつも増水するまで待つのですか？」

雨が降る日を待つのでは、随分と回数が少ないのではと思った。

しかし兄は、後宮とここでは違うのだと話す。

「ここは山が近い。宮廷周辺よりも雨が頻繁に降る」

偶然にも見つけてしまった、彼らの合図。その報告は蒼蓮《ソウレン》様の知るところとなり、藍鴉《ラングウ》は囮役《おとり》を自ら希望したという。

「なぜそのような危険なことを……！　殺される可能性だってあるのでは？」

「それはない。いざとなれば反撃してよいと言ってある」

「でも」

「莫《モウ》は違法な奴隷売買にも手を染めている。しかも今の藍鴉《ラングウ》は年若い娘だ、やつらが売り払うつもりで拉致することも見越しておる」

兄は、心配ないと繰り返した。

「藍鴉《ラングウ》はすべて承知の上で囮になったのだ。黎《レイ》殿のほかにも現場を押さえれば、慧聖人《フウイしょうにん》を言い逃れできぬ状況で捕らえられるから」

理屈はわかるけれど、それでも私は納得できなかった。

藍鴉《ラングウ》が自分から囮になりたいなんて、そんなこと言い出すだろうか？

「一体なぜ……」

苦しげに呟く私に、兄は諭すように言った。

「藍鶲《ラングゥ》はあの見た目だ。功がなければ、護衛頭にはなれぬ」

「功……？」

意味がわからない。藍鶲《ラングゥ》の腕なら、ゆくゆくは護衛頭になって当然ではないの？

説明してくれと目で問いかける。

「いくら柳《リユウ》家が護衛の出自《しゆつじ》にこだわらぬと言うても、それは本家だけの話だ。異国人を厭《いと》う者は柳《リユウ》家の親戚筋にもいることはわかるだろう？」

つまり、どれほど真面目に働きどれほど腕が立ったとしても、藍鶲《ラングゥ》は何かしらの大きな功績がなければ出世できないということ？

何も知らなかったのは私だけで、藍鶲《ラングゥ》自身がそれを一番よくわかっていて……。

「もしかして、私のせいですか？」

私は、藍鶲《ラングゥ》に言った言葉を思い出した。

——やっぱり私の護衛は不本意よね？　本当なら兄上の護衛をして、いずれ護衛頭になるはずだったのだから。

あのとき、彼はどう思ったのだろう。あのときの藍鶲《ラングゥ》がどんな顔をしていたか、思い出せない。

「藍鶲《ラングゥ》は、私の願いを叶えるために功を……？」

柳《リユウ》家のために、光燕《コウエン》のために役立つことができたなら。皆が認めるほどの功があれば、見た目や出自に関係なく出世できると思ったの？

知らなかったとはいえ、私は何と酷なことを言ってしまったのか。

手が震え始め、それを止めようとして自分で自分の手を握り締める。

「凜風《リンファ》が気にすることではない。藍鷂《ラングウ》が望んだことだ」

「なれど……！」

「私も止めた。余計なことはするな、と。だが、蒼蓮《ソウレン》様に打ち明けたとき、自分にも何かさせてくれと頼んだのは藍鷂《ラングウ》なのだ。蒼蓮《ソウレン》様とて『己の命を己で面倒見切れるか？』と確認したくらいだ。藍鷂《ラングウ》はよく考えた上で此度の計画に乗り、功を挙げてみせると決めたのだ。それは藍鷂《ラングウ》の意志だ」

強い口調でそう言われ、私は俯く。

「藍鷂《ラングウ》は……、桜綾《ヨウリン》はどうなるのですか？」

あの場に居合わせてしまったのは、偶然だった。

兄はしばし考えた後、私の肩にそっと手を置いて告げる。

「後を追っているから見失うことはないだろう。それに、黎《レイ》左丞相もいる。あとは天の思し召しだと思い、吉報を待つしかない」

兄も落ち着かないのだろう。待つしかないと言いつつも、その口調には悔しさを滲ませる。

「お願いします……。藍鷂《ラングウ》と桜綾《ヨウリン》を助けてください……」

ただ願うことしかできない自分が悲しい。

柳《リュウ》家の娘といっても、結局は何もできないのだ。

「凜風《リンファ》」

重苦しい空気の中、兄は静かに首を振る。

「護衛と他家の宮女のために、うちの兵は出せない。我らには待つことしかできぬ。すまない」

どうか無事でいて。祈っても祈っても不安が消えない。

ところがそのとき、廊下の方から数人分の足音が近づいてくる。

何事かと思い顔を上げれば、声をかけることもなく扉が開いた。現れたのは、武官の黒い装束に長い髪を一つに束ねた蒼蓮《ソウレン》様だった。

「秀英《シュイン》、狩りの続きだ」

出立準備は万全、そんな雰囲気で不敵な笑みを浮かべている。それとは真逆に、蒼蓮《ソウレン》様付きの男性使用人や官吏らが後ろでオロオロしていた。

そして、いきなりのことに思わず声を荒らげたのは兄だった。

「まさか蒼蓮《ソウレン》様まで向かわれるおつもりですか⁉」

「ははっ、ここにある三つの塔に麗孝《リキョウ》と雨佳《ユージア》を上らせたら、それぞれの最上部にある祭壇から薬の調合法が記された像が出てきたぞ。慧聖人《フウイしょうにん》に突き付けてやったら面白いと思わぬか？」

「ああ、おとなしくなさってると思ったら何をさせてるんですか！」

朝餉の席におられなかったのは、大神教《ターシエン》の僧や慧聖人《フウイしょうにん》と慣れ合いたくないのだと思っていたのに、蒼蓮《ソウレン》様は色々と裏で動いておいでだった。

「よいであろう？　自由にしてよい、と言われたからそうしたまで」

「自由の度合いが違います」

「とにかく、早う行くぞ。黎《レイ》が勢い余って慧聖人《フウイしょうにん》を斬ってしまわぬうちにな」

「え、私もですか？」

顔を引き攣らせる兄。にこりと微笑む蒼蓮《ソウレン》様。

蒼蓮《ソウレン》様がお考えを変えることはないとわかった。

兄は武芸を苦手としているので、荒事はなるべく避けたい人間だ。けれど、蒼蓮《ソウレン》様がその気なのだからついていかないわけにはいかない。

「あの……」

ふらりと一歩近づけば、蒼蓮《ソウレン》様は大きな手で私の頭を撫でる。

そして、凛々しくも頼もしい最高位執政官の顔で言った。

「そなたは、紫釉《シュ》陛下が心穏やかに過ごせるよう図らってくれ。慧聖人《フウイしょうにん》はもはやここへは戻らぬ。薬と関わりのない僧たちは混乱し、陛下も心配なさるだろうから」

紫釉《シュ》様のおそばには、静蕾《ジンレイ》様がいる。でも、私がまだ戻ってこぬと心配なさっているかもしれない。それに気づき、私は世話係としての役目をまっとうしなくては……と気を引き締める。

「二人のことはこちらで何とかする」

「蒼蓮《ソウレン》様……」

「後始末は秀英《シュイン》が首尾よくするであろう。そちらも心配ない」

蒼蓮《ソウレン》様の言葉に、使用人から刀を受け取り出立の準備をしていた兄が恨めしそうな目を向けた。

おかわいそうに、きっと仕事がどんどん増えていくんだわ。

私にはどうすることもできず、「ご武運を」とお祈りする。

「では、紫釉《シュ》陛下を任せたぞ」

「はい……！」

兄や武官らを従え、蒼蓮《ソウレン》様は颯爽《さっそう》と出口へ向かう。

その背を見送った私は、急いで紫釉《シュ》様の元へと走って戻った。

■■■

ぼんやりと光る灯りに、小さな虫が止まっては離れを繰り返す。

川辺に浮かぶ、穀類を運んでいるはずの大型帆船の一室に藍鶲《ラングウ》はいた。

ところどころ木が捲《めく》れる床の上に足を立てて座り、壁に背を預けて瞼を閉じていると、ふと二胡の音が聴こえた気がした。

（夢か……）

周囲には、彼を運んできた僧たちが四肢を投げ出し倒れている。いずれも息はしており、意識がないだけだった。

藍鶲《ラングウ》と桜綾《ヨウリン》は、隅に並んで座ってじっとしている。大柄の僧たちを一人で倒した藍鶲《ラングウ》は、さすがに疲労を感じてしばらく仮眠を取っていた。

(ろくでもない奴らにだけ当たる矢があればいいのに)

僧でありながら、金儲けのために薬を作りバラまいた者たち。ここへ連れて来られたときも、女装した藍鶲《ラングウ》と桜綾《ヨウリン》を「高く売れそうだ」と言って笑った。

売る前に遊んでやると下卑た笑みで手を伸ばしてきた彼らが、藍鶲《ラングウ》によってあっけなく倒され、情けなく怯《おび》え慄《おのの》く姿を見るのは爽快だった。

さぞ怖かっただろう、と桜綾《ヨウリン》を振り返れば「動けぬように縛っておかねば」と縄を探していたのには驚いたが、泣いて叫ばれなくてよかったと思う。

彼女は「怖かったけれど腹が立ったのですっきりしました」とも言った。

巻き込んでしまって申し訳ないと思う一方で、運が悪かったのだろうとも思い、かけるべき言葉も見当たらないのでそれ以上構うのをやめた。

(凜風《リンファ》様に見られてしまった)

藍鶲《ラングウ》が気にしているのは、きっと心配しているだろう主のことだけ。

(こんなはずじゃなかったのに)

できれば、何事もなかったかのようにすべてを収めたかった。いつか「護衛頭になれました」とさも当然といった風に報告するために……。

(凜風《リンファ》様は信じてくださった。こんな形《なり》でも腕さえあれば護衛頭になれるのだ、と)

無知なところがかわいらしいと思った。あの家で育ちながら、その心は荒《すさ》むことなく美しいまま。笑いかけてもらえるのなら、つらいことも我慢できた。

(あの方がいたから生きてこられた)

両親と死に別れ、違法奴隷として売られてきた藍鴒《ラングウ》にとって、養父が護衛として柳家《リユウ》に入れてくれたことは奇跡のような幸運だった。

(こんなときにまで二胡の音を思い出すなんて)

まだ泣いてばかりだった頃、母屋から聴こえてくる二胡の音に励まされた。

(子どもが何気なく口ずさんだ母国の歌を、人伝《ひとづて》に聞いて弾けるようになってくださるとは……。凜風《リンファ》様は昔からお人好しすぎる)

母がよく歌ってくれた子守唄。曲の名前も歌詞も思い出せないのに、今でも自然と口ずさむことはできる。

異国の歌を奏でることは、良家の娘としてよく思われない。だが、事情を察した柳家《リユウ》の両親も兄も咎めることはしなかった。

(働いてるのはやっぱり不満だけど)

いくら相手が皇帝陛下でも、凜風《リンファ》には仕える側ではなく仕えられる側としていてもらいたいと藍《ラン》鴞《グウ》は思う。

（光燕《コウエン》一の男に嫁がせるって言ってたのに）

思い出したのは、柳《リユウ》家当主の顔。数年前、母屋で見張りについていたときのことを思い出す。

「姫君はお気が強いようで」と苦笑いする側近に対し、柳暁明《リユウシヤオミン》は豪快に笑って言った。

『弱い女を好むは、弱い男だ。凜風《リンファ》の気の強さなら、光燕《コウエン》一の男を与えてやらねば』

従順で淑やかな娘が好まれるのに、随分と変わったことを言う。側近が首を傾げるのに、藍鴞《ラングウ》も同感だった。

（蒼蓮《ソウレン》様は皇族だし、顔がきれいだ。でもおかしい）

その心がまるで見えず、何を考えているのかわからない。政治的な手腕は確かかもしれないが、得体のしれないほの暗さもある。

藍鴞《ラングウ》が思う「光燕《コウエン》一の男」とは、もっと清廉潔白で人徳ある男だった。

（あんないつ殺されるかわからないような人……）

刺客を送ってくるのは、李仁君《リレンジユン》だけではない。凜風《リンファ》に伝わっていないだけで、今でもその命を狙う者は現れていた。

不満げに目を眇める藍鴞《ラングウ》に気づいた桜綾《ヨウリン》が、恐る恐る呼びかける。

「いかがしました？」

はっと気づいた藍鶲《ラングウ》は、何でもないと返事をした。

そろそろ誰か乗り込んできてもおかしくない。そう思ったところで甲板の方から喧騒が漏れ聞こえてきた。

「何でしょうか……？」

「武官が来たのでしょう」

藍鶲《ラングウ》は立ち上がり、転がっている僧を容赦なく踏んで扉へと向かう。

慌ててついていく桜綾《ヨウリン》。彼が自分を守ってくれるとも思わないが、離れない方がいいと直感していた。

そんな桜綾《ヨウリン》をちらりと振り返った藍鶲《ラングウ》は無言で上着を脱ぎ始め、それを彼女の頭の上からばさりと被せる。

「わっ」

「血が飛んできても泣かずに走ってください」

「うえええ……」

早くも蒼褪《あおざ》める桜綾《ヨウリン》に構わず、藍鶲《ラングウ》は乱暴に扉を蹴り開けようとする。ミシッと木が撓《たわ》む音がして、三度目の蹴りで外側に掛かっていた金具の錠が弾け飛ぶ。

「何だ!?」

廊下にいたのは僧ではなく、莫《モウ》商会の使用人だった。咄嗟《とっさ》に短刀を抜いたその男が構えるよりも早く、藍鴒《ラングウ》がその腹に刃を突き立てる。

「ぐぁっ……」

両膝をついて苦しむ男の脇を通りすぎ、藍鴒《ラングウ》と桜綾《ヨウリン》は甲板へと繋がる階段を目指す。

(上がどうなっているか……？)

斬り合う音や怒号がここまで聞こえていて、甲板はさぞ賑やかなことになっているだろう。そう思った藍鴒《ラングウ》は、ここからどれほど点数を稼げるかと期待して階段を駆け上がる。

でもそのとき、かろうじて絞り出すような桜綾《ヨウリン》の声が耳に届いた。

「ま、待って。置いていかないで」

「……」

船内の揺れに翻弄されながら必死に後を追ってくるその姿を見て、鸞《ルアン》に連れていかれたときの凜《リン》風《ファ》を思い出した。

(助けないと悲しむだろうな)

自力でついて来て欲しいが、どうにもそうはいかないらしい。護衛と宮女では身のこなしが違うということに今さら気づき、仕方なく左手を差し伸べる。

「摑まって」

「ありがとうございます……！」

ぎゅっと握られた手を見て、桜綾《ヨウリン》は安堵《あんど》の息をつく。

「どうしようもなくなったら、川に飛び込んで泳いでください」

「無理ですよ!? 泳いだことなど一度もございませんっ！」

慌てふためく桜綾《ヨウリン》は「本当に？」と何度も確認する。だが、再び階段を上り始めた藍鶲《ラングウ》が振り返ることはなかった。


かつて、己の身を使って草根木皮の効能を調べたという薬祖神《やくそじん》。薬を扱う商人らは、大神《ターシエン》教の元始《げんし》像と同様に薬祖神像を店や舟に祀《まつ》っている。

「うまくいかぬものですね」

莫《モウ》の持つ帆船に乗り込んだ慧聖人《フウイしょうにん》は、黎《レイ》左丞相が率いる武官らの姿を見てぽつりと呟いた。

瞬く間に制圧された船は、あちこちに傷がつき、積み荷も見事に押収されていく。抵抗するそぶりを見せない慧聖人《フウイしょうにん》に、刀を手に取り囲んでいる武官らは「何か企んでいるのか」と警戒を続けていた。

「あぁ、ここにいたのか」

どこか楽しげな声音でそう言ったのは、血のついた刀を手にやってきた蒼蓮《ソウレン》だ。一つに結んだ黒髪が風に揺れ、歩く姿は宮廷で見るそれと同じく優雅なものだ。

すぐ隣を歩く黎松華《レイツンホア》は殺気に満ちた目をしているのに、二人の姿があまりに対照的で慧聖人《フウイしょうにん》はくすりと笑う。

「お揃いでどうしました？」

聖人を裁く法がないことに高を括《くく》っているのか、それともここで斬り捨てられてもいいと思っているのか、彼が動揺する気配はない。

「莫《モウ》がすべて吐いた。ここに証拠もある」

黎《レイ》が手にしていたのは、蒼蓮《ソウレン》が見つけた薬の調合法。莫《モウ》が持っていた、大神《ターシエン》教との取引の記録も摑んでいた。

「だから何だと言うのです？」

「おまえは大罪を犯した。光燕《コウエン》を滅ぼさんとするその所業、どうやって償うつもりだ」

怒りを露わにする黎《レイ》の言葉も、慧聖人《フウイしょうにん》は世間話のようにさらりと受け流す。

「そうですね……。ここで私が捕まるのなら、それも元始様の思し召し。死して詫びましょう。斬られるもよし、川に落とされるもよし、ご自由になされませ」

命に執着などない。

その様子を見て、黙っていた蒼蓮《ソウレン》が不思議そうに尋ねる。

「なぜだ？　理由がわからぬ。おまえは苦しむ人々を見て面白がるのでもなし、金にも命にも執着がないように見える。悪しき行いに手を染めたのもまた、元始様の思し召しだと言うつもりか？」

聖人になれるのは、千人の僧がいてようやく一人というくらいだ。長年厳しい修行に耐えた結果、人々を苦しみの中に追いやる薬を広める意味が蒼蓮《ソウレン》にはわからなかった。

慧聖人《フウイしょうにん》は水面に視線を移し、薄く笑いながら答える。

「人は平穏であればあるほど、神を忘れます」

長らく続く、戦のない時代。近隣諸国は常に戦や小競り合いを続けているが、光燕《コウエン》にいたってはもう四代の皇帝の御代にわたり戦がなく平穏な暮らしが守られていた。

「信仰心を忘れぬために、災いは必要です」

苦しみが蔓延《まんえん》すれば、人々は神に救いを求める。だから災いの種を撒《ま》いたのだと言い切る慧聖《フウイしょう》人《にん》を前に、蒼蓮《ソウレン》は苛立ちを含んだ声で吐き捨てた。

「くだらぬ」

「おわかりいただけるとは思うておりませぬ」

「はっ、神も耄碌したものだな。おまえのような男をこれまで生かしておくとは」

「――それは聞き捨てなりません」

目を見開き、途端にその形相が変わる。

まるで何かに取り憑《つ》かれたようだと、取り囲んでいた武官らはぞっとした。

「元始様は私をお選びになったのです。私が、民を選別することをお許しになった」

恍惚《こうこつ》とした表情でそう語る慧聖人《フウイしょうにん》は、一歩ずつ蒼蓮《ソウレン》の方へ近づいていく。一斉に刀を構えた武官らは、斬れと命じられるのをひたすらに待っていた。

蒼蓮《ソウレン》はというと、冷めた目で慧聖人《フウイしょうにん》を睨みつけ動こうとはしない。

「あなたも時運を恨んだことはおありでしょう？　皇族に生まれながら、そのお立場は常に日陰にある。なんとおかわいそうなことか？　私は己の理想の世を作りたいと願い、それを実行しただけ。あなたができぬことを私はやろうとしたのです」

慧聖人《フウイしょうにん》は、嘲笑うかのような態度で語る。

しかし、蒼蓮《ソウレン》が挑発に乗ることはなかった。

「己の居場所を日陰だと思うたことはない」

「は……？」

その淡々とした答えは、嘘でも虚勢でもないように見える。蒼蓮《ソウレン》の目を見ていると、まるで己が塵芥《ちりあくた》のようだと感じた慧聖人《フウイしょうにん》は焦りを滲ませた。

（皇帝になり損ねた男に、かような目で見られるとは……！）

自尊心を傷つけられた慧聖人《フウイしょうにん》は、ぎりっと歯を食いしばる。

「おまえのおかげで、元始様も隅々までは目が行き届かぬのだとようわかった。忠実な信者として、代わりに片づけて差し上げようと思う」

「はっ、何を」

「紫釉《シュ》陛下の世におまえはいらぬ。消えろ」

邪魔者は徹底的に排除する。蒼蓮《ソウレン》は愚か者を嘲笑し、冷酷な声で告げた。

「おのれ……！」

法衣の袖から取り出した小刀が鈍く光る。

これほどまでに武官に囲まれた状況でも、何の恐怖も躊躇いもなく蒼蓮《ソウレン》に向かって斬りかかっていった。

――キィン……。

弾かれた細い刃が派手に飛んでいく。

蒼蓮《ソウレン》が刀で防ぐよりも先に、黎《レイ》が動いていた。

「うっ……」

「蒼蓮《ソウレン》様は意外にお優しい。なれど、私は殺すには惜しいと思う。おまえはもっと苦しむべきだ」

斬られた右手には赤い血が滴り、左の脇腹には柄に青い石のついた小刀が刺さっている。がくんと膝をついた慧聖人《フウイしょうにん》は、すぐに武官によって取り押さえられた。

小刀は致命傷になる位置をうまく外れていて、あくまで動作を止めるために投げられたのだとわかる。

蒼蓮《ソウレン》はそれが飛んできた方向を見て、くすりと笑った。

「さすが柳《リユウ》家の護衛は優秀だな」

船室への扉の前には、少女を連れた藍鶲《ラングウ》がいた。裾が血や埃《ほこり》で汚れているものの、二人に怪我はなさそうに見える。

藍鶲《ラングウ》を見てホッと安堵した表情を見せた秀英《シュイン》は、すぐさま女性武官に桜綾《ヨウリン》の保護を命じた。気が抜けた様子の彼女は、支えられるようにして船を下りていく。

武官に助けは必要かと尋ねられた藍鴗《ラングウ》は、不要だと言って蒼蓮《ソウレン》の方へと近づいていった。

「元気そうで何よりだ。凜風《リンファ》が待っておるぞ」

蒼蓮《ソウレン》は持っていた刀を武官に預け、藍鴗《ラングウ》を見下ろす。

「何だ？」

神妙な面持ちでじっと見つめてくる藍鴗《ラングウ》に、無礼だと咎めることなく尋ねる。

「――――ない、と」

「ん？」

「己の居場所を日陰だと思うたことはない、とはなぜですか？」

皇族として生まれながら、幸福とは言えない人生だっただろう。伝え聞くだけでもそれがわかる。

だからこそ、蒼蓮《ソウレン》の言葉が信じられなかった。

立場は違っても、自分と同じように「どうにもならないこと」に抗っていると思っていたのに。

藍鴗《ラングウ》の問いかけに、蒼蓮《ソウレン》はあっけらかんと言った。

「生きるのに必死で、人と比べてあれこれ思う暇などない」

「えええ」

最高位執政官がそれでいいのか、と藍鴗《ラングウ》は呆気に取られる。

「第一、俗にいう明るい道とやらのどこが幸せなのだ？　秀英《シュイン》を見てみろ」

「人を不幸の塊みたいに言わないでくれます!?」

「おまえは残念な見本だ」

「怒りますよ」

秀英《シュイン》は、こっちに話を振るなとばかりに顔を顰める。

藍鴒《ラングウ》を見下ろした蒼蓮《ソウレン》は、ふっと笑ってさらに続けた。

「たとえ日陰の道だったとしても、今はすぐ陽の光に手が届くのだから悪くない」

それが誰のことを言っているのか、気づいた藍鴒《ラングウ》は嫌そうな声音でぽつりと呟く。

「恥ずかしげもなくそのようなことを……」

「おい、無礼だぞ」

蒼蓮《ソウレン》は、じとりとした目で藍鴒《ラングウ》を睨んだ。そして、大きな手で頭を鷲摑《わしづか》みにすると、わざと秀英《シュイン》に見えるようにして提案する。

「光には蛾が集まる。残念だが助からなかったということにしてもよいか？」

辛辣な言葉に、慌てた秀英《シュイン》が仲裁に入ってようやく彼は解放された。

「すみません、ちゃんと言って聞かせますからどうか」

「はっ、右丞相の責任問題にして謝罪を要求する」

「いやいやいや、そうなれば何人か首を斬られるだけですって。絶対に謝りませんよあの人は」

「まったく、親も親なら子も子だな」

「なぜ私まで文句を言われてるんですか……？」

不毛な言い争いは続き、遠巻きに見る武官らは苦笑いだ。

頭上の太陽は少しずつ西へ傾き始めていて、藍鴉《ラングウ》はその眩しさに目を細めた。

■■■

「なぁ、凜風《リンファ》」

「な、何でしょう？」

寝台の上で、とろんと重そうな目をした紫釉《シュ》様が二胡を弾く私に声をかけてきた。

慧聖人《フウイしょうにん》や何人もの僧が突然姿を消した寺院は騒然としていて、そんな中で何事もなく紫釉《シュ》様の御予定をこなすのは大変だった。

静蕾《ジンレイ》様や護衛たちの協力で何とかごまかせているものの、最後の問題は出立の際の「お見送り」である。

さすがにここに慧聖人《フウイしょうにん》がいないのはおかしい。

悩んだ結果、昼餉と菓子を食べた後は急遽午睡の予定を入れることになった。寝ている間に馬車が出発したので慧聖人《フウイしょうにん》らには挨拶できなかった、ということにしようと思ったのだ。

礼儀を失した行動ではあるが、今はそんなことを言っている場合じゃない。紫釉《シュ》様のお心を守るべく、一丸となって寝かしつけに入ったのだが――――

「その曲は初めて聞く曲だ」

なかなか眠ってくださらない紫釉《シユ》様のために、眠くなりそうな曲を弾いてもう何曲目になるのか。緩やかな曲が尽きてしまった私は、悩む時間すらなくなってしまい、昔覚えた異国の曲を演奏していた。

「異国の子守歌にございます。題目はわかりませぬが、とても優しい曲なのでございますよ」

笑いかければ、紫釉《シユ》様もにこりと笑ってくれる。

その御様子を見るに、もうちょっとで眠ってくれそうだった。そして予想通り、すやすやと健やかな寝息を立て始める。

すっかり寝入ったのを確認したところで、雨佳《ユージア》が帳を開け、麗孝《リキヨウ》様がお体を抱えて外へ連れ出す。僧たちが行き交う中、どうかそのまま起きないでと息を殺して馬車まで運ぶと、静蕾《ジンレイ》様が代わって抱きかかえて準備は整った。

「よし！」

一仕事終えた、と麗孝《リキヨウ》様が安堵の息をつく。

護衛武官として最も緊張するのが紫釉《シユ》様を起こさずに運ぶことだと彼は言い、赤子の頃にはときおりこうして運んでいたのだと懐かしんで笑っていた。

「後は、蒼蓮《ソウレン》様たちが無事にお戻りになればよいのですが……」

胸の前でぎゅっと手を握り締める。

紫釉《シユ》様に気づかれぬようずっと平静を装ってきたが、藍鷚《ラングウ》と桜綾《ヨウリン》が無事かどうかわかるまでは安心できない。

そろそろ夕暮れが迫りつつありこちらで待つのも限界があるし、二人に会えるのは後宮に戻ってからになるのかも……。

「中で待つか？」

麗孝《リキヨウ》様が気遣って声をかけてくれる。でもそのとき、遠くから馬の蹄《ひづめ》の音が聞こえてきた。

「っ！」

ドドドドド、と次第に大きくなる行軍の気配に加え、木々の向こうには土煙が上がっているのが見え始める。それを見たらもうじっとしていられなくて、門扉に向かって駆け出していた。

「おかえりなさいませ！」

ひと際大きな馬に跨《また》がる蒼蓮《ソウレン》様は、私の姿を見つけるとすぐに手綱を引いて速度を落とす。蒼蓮《ソウレン》様はここを出たときと変わらぬお姿で、その笑みに安堵した。

一方で、武官の後ろに乗せられて戻ってくる藍鷚《ラングウ》は衣がところどころ擦り切れて汚れていた。ただし、その顔は元気そうで怪我もないらしい。

心の底からホッとした私は、大きく息をついた。

兄と蒼蓮《ソウレン》様が先にここまでやって来て、「桜綾《ヨウリン》も無事だ」と教えてくれた。疲労が大きいため、馬車で後宮に戻らせたらしい。

「慧聖人《フウイしょうにん》や、莫《モウ》の息がかかった者たちは全員捕えた。万事うまく収まった」

「ありがとうございます……！」

感極まって礼を述べる私に、馬から降りた二人は優しい眼差しを向けてくれる。

続いて到着した藍鴗《ラングウ》は、馬から飛び降りるなり申し訳なさそうに頭を下げた。

「勝手をしてすみませんでした」

「…………」

あんなに会いたかったのに、いざ目の前にすると何と声をかけていいかわからない。

無事でよかったと抱き締めてあげたいのに、ここではそれも許されない。

何か言おうとしてはやめ、どうしようもなくなって漏れ出した言葉は単純だった。

「――おかえりなさい」

ちゃんと帰ってきてくれて嬉しいと、その気持ちだけは伝わって欲しかった。

藍鴗《ラングウ》は、わかりにくいながらもはにかんだように少しだけ笑う。

そんな私たちを見て、兄がやれやれと大げさにため息をついた。

「はぁ～、これからまたすぐ宮廷へ向かうのだな。かような一日はもうこりごりだ」

夕べ遅くに藍鴗《ラングウ》が兄のところを訪ねてから、ほとんど寝ていないらしい。疲労が滲む顔を見て、
私は困り顔で「どうかお大事に」と告げる。

そういえば蒼蓮《ソウレン》様も同じなのでは……？

ちらりと見上げれば、きらきらと輝くような美貌で微笑まれた。

「私は馬に乗りながらでも眠れる。このように元気だ」

普通に危険では？「そんなことして大丈夫なの？」と武官をちらりと見て確認すれば「大丈夫ではありません」と静かに首を振られてしまった。

蒼蓮《ソウレン》様は兄から叱られ、「絶対にやめてください！」と詰め寄られている。顔を背ける蒼蓮《ソウレン》様は、苦言など聞く耳持たぬといったご様子だった。

「凜風《リンファ》様」

「どうしたの？　藍鶲《ラングウ》」

ふいに名を呼ばれ、その顔を見つめる。

藍鶲《ラングウ》は、やけに改まった様子で進言してきた。

「蒼蓮《ソウレン》様は、光燕《コウエン》一おかしな方でございます」

「え？」

「なれど、懐深いお方です。……よきご縁かと」

一体何があったの？

目を瞬かせる私を見て、藍鶲《ラングウ》はかすかに笑った。

「後宮へ戻りましょう。あまり遅くなると陛下がお腹を空かせてしまいます」

そうだった。

日暮れまでに後宮へ戻れなければ、紫釉《シュ》様がお疲れになる。藍�《ラングウ》がまるで本物の宮女のようなことを言うものだから、何だかおかしくてくすりと笑ってしまった。

「帰りましょうか、皆で」

「はい」

紫釉《シュ》様にとって初めての狩りと初めての参拝は、こうしておしまいとなった。

第六章　愛情と見栄の行く先は

五大家の当主や嫡子の婚礼には、皇帝陛下の許諾が必要となる。

とはいえ、両家で決まった縁組が皇帝陛下の一存で覆されたことはないらしく、紫釉《シユ》様が第十七代皇帝陛下として婚儀を控えた二人にお言葉をかけるのは形式的なものだ。

昼下がりの謁見の間。二人の丞相を始め、大臣らがずらりと並んでいる。彼らは皆、中央にいる李睿《リルイ》様と黄淑珠《ファンシューズー》様が恭しく合掌する姿を見守っていた。

冕冠姿の紫釉《シユ》様は二人を見下ろし、あらかじめ決められた言葉を述べる。

「李《リ》家の当主、睿《ルイ》。この先は黄《ファン》家の娘と共によき家を作り、守っていくよう命じる」

「ありがたき幸せにございます」

婚儀は三カ月後。祈禱師たちが日取りを選び、三日三晩の宴を行うことで結婚が成立する。

許嫁となった二人は数日前に初めて顔を合わせたそうだが、李睿《リルイ》様は誠実な方だし、黄淑珠《ファンシューズー》様は五大家の姫にはいなさそうな朗らかでのんびりとしたご気性が伝わってくる風貌で、よい組み合わせなのではと思った。

陛下の世話係として控えの間から覗いていると、隣にいた静蕾《ジンレイ》様がお二人を見て感想を述べる。

「とてもお幸せそうですね。すでによき夫婦のようです」

立ち上がる際にも、李睿《リルイ》様は黄淑珠《ファンシューズー》様を気にかけているのがわかり、政略結婚とは思えないほど仲睦まじい様子だった。

「はい、とてもお似合いだと思います」

私は笑顔でそう答える。

今思えば、父が李睿《リルイ》様に私を嫁がせることを長く諦めなかったのはよくわかる。李睿《リルイ》様は、父が認めるほど優秀で人徳もある方なのだろう。

「人の縁とは不思議なものでございますね」

何か一つでも違えば、今あそこにいるのは私だったかもしれないのだ。時運や天運とはよく言ったものだ。

「それでは、本日の儀はこれにて終了とする」

進行役の官吏によって解散が言い渡されると、紫釉《シユ》様はすぐに控えの間に戻ってこられた。

「我はよくできたか？」

「はい、素晴らしい宣言にございました」

私がそう答えると、紫釉《シユ》様は満足げに笑みを浮かべる。

「ようがんばられましたね。ご立派な姿を見せていただき、静蕾《ジンレイ》は嬉しゅうございます」

「そうか！　それはよかった！」

重い冕冠や装束を脱がせ、軽い夏用の羽織へのお召替えを手伝う。

後宮へ戻れば沐浴《もくよく》をするので、今こうして軽装に改めるのは移動しやすいようにという繋ぎだった。

脱いだ衣や紐は宮女たちが手早く回収していき、私は手巾で紫釉《シユ》様の頬や顎のあたりをそっと拭う。支度が整い、さぁ後宮へ戻ろうというそのときに控えの間にやってきた尚書が私に声をかけてきた。

「柳《リユウ》家の姫様、どうか右丞相様の元へお越しください」

「父のところへ？」

突然の呼び出しに、少し動揺する。

何か問題でもあったのか、と警戒してしまった。

「凜風《リンファ》、行ってきなさい。こちらは大丈夫ですから」

「はい……。静蕾《ジンレイ》様、よろしくお願いいたします」

行かぬという選択肢は、そもそもないので仕方ない。

私は、父が寄越した年配の尚書と共に宮廷の上階へと向かった。

蒼蓮《ソウレン》様のおられる執政宮のすぐ隣に、父のいる尚書省がある。ここには多くの官吏や尚書が行き来しており、私の姿を見つけた彼らは一様に下がって礼をしてくれる。

ただ歩いていただけなのに、「右丞相の娘」という重圧をひしひしと感じた。

「こちらです」

重苦しい雰囲気の扉が開かれた先には、椅子にかけて机に向かう父の姿。その正面には、いつもと変わらぬ笑顔の兄もいる。兄がここにいるということは、柳《リユウ》家絡みの話をされるのだとわかる。

二人とも、さきほどまで謁見の間にいたので礼装のままだった。

部屋に入ったのは私だけで、案内してくれた尚書は扉を閉めて去っていった。

「お呼びでしょうか？」

合掌してそう尋ねれば、父は右手にあった筆を置いて顔を上げる。

そして私と兄の顔を交互に見てから、端的に用件を告げた。

「秀英《シュイン》の縁談がまとまった。折を見て六礼《りくれい》を済ませる」

「兄上の縁談ですか？」

驚いて隣を見れば、兄はかすかに笑ってみせた。

そこには歓喜も悲哀もなく、「すでに決まったこと」として受け入れているように感じられる。

「相手方は、朱《シュ》家の本家。朱花衣《シュファーイー》姫だ」

父が決めたお相手は、五大家の中でも柳《リユウ》派の姫だった。

朱《シュ》家は昨年、分家を率いていた叔父・朱哉嵐《シュセイラン》が騒動を起こし、柳《リユウ》家との関係性が少々難しくなっている。

　この度の縁組は、両家の絆を修復するためのものに違いない。

「花衣姫《ファーイー》ですか……」

　本家のご当主は宮廷よりも国境の太守に顔が利き、政治的なやりとりを好まないお人柄だと有名だ。そして、十六歳のご子息・威洋《ウェイヤン》様と三姉妹という四人の子どもたちをとてもかわいがっていることで知られている。

　兄のお相手に決まった花衣《ファーイー》姫はまもなく十五歳になられる一姫で、十三歳の二の姫・麗衣《リーイー》姫、皇后選定の儀に名を連ねた芽衣《ヤーイー》姫がいる。

　朱《シュ》家はうちと同じく代々官吏や尚書を務める者が多い家柄。でも、ご子息は「官吏として出仕するより笙を吹いていたい」と明言している風変わりな青年で、未だどの省にも出仕していない。

　ご当主は「ここでしっかり柳《リュウ》家との絆を強めておかねばゆくゆく困ることになる」と思ったのかもしれない。

　花衣《ファーイー》姫は兄とは八歳差、何度か顔を合わせてはいるものの直接言葉を交わしたのは挨拶程度だろう。互いに悪い印象はないはずだけれど……。

「兄上はよろしいので？」

　花衣《ファーイー》姫は、淑やかでかわいらしい方だ。よき妻になってくださるだろうとは思う。けれど、兄の心は莉雅《リイヤー》様にあることを思えば複雑な気分だった。

私の不安を一蹴するように、兄はきっぱりと答える。

「異論ない。よきお話だと思うておる」

兄は次期当主として判断していた。己の心など、家を守るという大義の前では小さなことだという姿勢が見て取れる。

全面的に受け入れるという反応をされれば、私の気持ちなど関係ない。「そうですか」とだけ小さく呟き、父の方を見る。

「先方は快諾なさったのですか？」

「当然だ。柳《リュウ》家の申し出を断れる家などない」

ふんと高圧的に笑う父は、なぜそんなことを確認する必要があるのか、とでも思っているようだった。

事実その通りで、光燕《コウエン》中を探してもうちの申し出を断れるのは皇族《蒼蓮様》くらいである。私の脳裏を、父に劣らぬ不敵な笑みを浮かべる蒼蓮《ソウレン》様のお顔がよぎる。

「今日のように、紫釉《シュ》様に宣言をいただくのはひと月後だ。その後、婚儀は慣例通り柳《リュウ》家で行う。その際には凛風《リンファ》も一度邸に戻るように」

「承知いたしました」

あっさりと話は終了し、兄は官吏上申の場があると言って先に部屋を出る。気まずい静けさの中、なぜか父も私に下がれとは言わないし、私も踵を返すことはなかった。

兄の結婚はもう決定したことだ。私が納得するしないの問題ではない。

わかっているのに、なぜか胸のもやもやは続いていた。

「……………」

腕組みをしたまま、父はじっと私を見ている。

その視線に耐え切れなくなり、私は退出を言い出そうとして「それでは」と言いかけたところで向こうが先に口を開いた。

「どうしておるのだ、近頃は？」

「はい……？」

私の暮らしぶりは、護衛や兄から父の耳に入っているはずだ。どうしておるのかと聞かれる意味がわからない。

もしかして蒼蓮《ソウレン》様とのことを心配している？

あぁ、私が愛想を尽かされていないかと案じているのか。

私は呆れ交じりに笑い、大丈夫だと報告した。

「蒼蓮《ソウレン》様にはよくしてもらっております。心配なさらずとも、許嫁の約束が反故《ほご》にされることはございませぬ」

ところが父は、その回答に眉をピクリと動かした。

どういうこと？　何か不満でも？

小首を傾げれば、父はむすっとした顔で言った。

「そうではない。どうしておるのかと……、息災かと尋ねておるのだ」

ますます訳がわからない。

それこそ報告が上がっているはずでは、と私は眉根を寄せた。

「もしや誰もご報告しておりませぬか？　私はこの通り、元気に陛下のお世話係をまっとうしております」

「…………」

またも不満げな顔だ。一体なぜこのようなやりとりをしているのか？　どう考えても無駄なこの会話は、合理的ではないと父が最も嫌いそうなことなのに。

沈黙が重い。

何だろう、この不思議な距離感で探り合う感じは……？

私からも何か言った方がいいのかと悩んでいると、父がさきほど置いた筆が銅の筆置きから落ちていることに気づく。

几帳面な父にしては、珍しい失敗だと思った。

「父上、筆が」

そう指摘すると、父はゆっくりと視線を落とし、無言で筆を元の位置に戻した。そしてまた腕を組んでから告げる。

「もうよい、下がれ。陛下をお待たせするな」

「はい、それではこれにて失礼いたします」

一礼して顔を上げたときには、すでに父の視線は書簡へと向かっていた。

どこからどう見ても立派な右丞相で、尚書や官吏たちはこの父の下で働いているのだと思えば、娘ながら「よく恐ろしくないな」と思う。

「もうお帰りですか？」

案内してくれた尚書が、不思議そうに尋ねる。後ろにいる女官はその手に茶器などを持っていて、私たちのためにわざわざ持ってきてくれたみたいだった。

「はい、陛下のおそばを長く離れるわけにはいきませんので。お茶を用意していただき、ありがとうございます。どうか父や皆さんで……」

「そうですか。では、後宮までお送りいたしましょう」

どうやらこの尚書の方は、父が私と一緒に休息を取るのだと思っていたらしい。聞けば、最近娘さんが生まれたそうで、「いずれ娘と仲良く茶を飲みたいものです」と笑っていた。

あいにく、十八年生きてきて父と仲良く茶を飲んだことはない。

私はこの方の希望を壊さぬよう、笑顔で「夢が叶うといいですね」と言ってごまかした。

日暮れ前になり、医官姿の彩林《ツァイリン》が塗り薬の材料を持って采和殿《サイカデン》に現れた。

医官にそれを渡してすぐに帰ろうと思ったものの、保管状態も確認したくなったから蔵へ寄ると言う。

「発疹はよくあることだから、でも不調の前触れだったら怖いからしっかりと決められた量の薬を塗って差し上げて」

「わかりました」

紫釉《シユ》様の腕や腿に赤い斑点が少しだけ見つかったのは、散歩に出かけたときのことだった。

魚を見ようと池の前で屈んだとき、袖がめくれて斑点が見えたのがきっかけだった。

「見たところ、お元気そうだったけれど」

「はい。熱もなく症状が発疹以外にありませんので、寝台で寝かされて不満そうです」

まだ散歩の途中だったのに、と膨れる紫釉《シユ》様のお顔を思い出す。

かわいらしさについ「一緒に行きましょう」と言ってしまいそうだけれど、一晩様子を見るまでは寝所から出ないようにと決められてしまった。

何か毒を盛られた可能性を消すために、彩林《ツァイリン》はわざわざ蒼蓮《ソウレン》様の宮から来てくださったのだった。

ひとまず、その可能性はないだろうとの診断をもらって安心したのがさきほどのことだ。

「彩林《ツァイリン》様は、毒にお詳しいのですね」

歩きながら何気なく尋ねてみる。女性は医官になれぬのに、後宮医からも一目置かれる存在であるのは不思議だった。

彼女は、前を向いたまま話し始める。

「父がそうだったから……。別に特別なことだとは思ってなかったわ」

「お父上が？」

彩林《ツアイリン》様は宮廷で代々皇族の診察を任されるほどの名医の家系に生まれ、お父上はその跡取りだったそうだ。けれど男児に恵まれず、一人娘だった彩林《ツアイリン》様をそう見せかけて育てたらしい。

「どうせいつかバレるのに、きっとよほど困っていたんでしょうね」

くすりと笑う彩林《ツアイリン》様は、落ちてきた黒髪をそっと指で耳にかける。少年のように見える細い体つきは、成長を止める薬を長く服用していたからなのだという。

「結局、私の性別が露見するまでもなく父は隠居することになったけれど……」

明言こそしなかったものの、燈雲《トウウン》様のご病気が発覚した際には何人もの医官が処罰を受けたと聞くからその一件で隠居なさったのだろう。

彩林《ツアイリン》様の知識を惜しんだ蒼蓮《ソウレン》様によって保護され、宮で暮らしているという。

「家を守ろうとしすぎると、色々と歪《ひずみ》が起こるものよね」

女人に鍛冶《かじ》は向かぬと言われて家を飛び出した雹華《ヒョウカ》様、男性のふりをし続けてきた彩林《ツアイリン》様、そして理不尽に命を奪われそうになり婚家から逃れてきた莉雅《リィヤー》様。

蒼蓮《ソウレン》様の宮で暮らす三人は、それぞれに事情を抱えていた。

「皆様、大変なご苦労をなさっているのですね」

視線を落としてそう言えば、彩林《ツアイリン》様は「ん？」と何か疑問を抱いたようなそぶりで立ち止まる。

「貴女もでしょう？　宮に逃げてくる素質は十分にあるわよ。私、柳《リユウ》家だけは嫌」

「えええ、冗談ですよね!?」

五大家筆頭の名家なんですけれど!?

まさかそのような、と眉根を寄せる私に対し、彩林《ツアイリン》様はやけに真剣な目で言った。

「謙遜しないで。右丞相の娘というだけでわりと悲劇」

柳《リユウ》家は人気がなかった。

様々な恩恵がある分、背負わされる責任が桁違いだから嫌なのだと言われてしまう。

確かに、中流貴族に生まれるのが一番気楽だっていう詩があったような気もするし、うちは少しばかり特殊なんだと改めて実感する。

何気ない会話をするうちに蔵に到着し、彩林《ツアイリン》様は顔見知りの医官と共に中へと入っていった。

「では、また明日に」

「ええ。見送りありがとう」

軽く笑顔を見せた彩林《ツアイリン》様は、どこからどう見ても立派な医官にしか見えない。私も力強く生きなくては、そう思わせてくれる存在だった。

翌日、紫釉《シユ》様はすっかり元通りになられ、蕁麻疹《じんましん》は一過性のものだったということで日課の散歩もすることができた。

六歳という年頃は、寝所に閉じ込められると相当に鬱憤が溜まるらしい。昨日の分を取り戻すかのように元気いっぱいに走る紫釉《シユ》様を見て、私も静蕾《ジンレイ》様も目を細める。

「見よ、蕾が花になりそうだ」

「本当ですね。丁香花《はしどい》の季節が来ましたか」

後宮の塀に沿い青や紫の花が固まっていて、見頃になるまでもうまもなくかという様子だった。

一昨日はまだ蕾の状態で、紫釉《シユ》様も私たちも目を留めることはなかったのに。

「紫釉《シユ》様、あまり塀に近づかれると溝に落ちます」

花に気を取られどんどん歩いていく紫釉《シユ》様を、麗孝《リキヨウ》様が追いかける。その後から私たちもついていくと、後宮の裏にある通用門へと到着する。

「ここは花がないのだな」

巨大な門を前に、紫釉《シユ》様が何気なくそうおっしゃった。

「我はここにも花を植えたい」

門番たちも、そのかわいらしいお言葉に笑顔を見せる。ただし警備上の問題から、ここに花を植えるのは難しい。

「ここに花を植えては、御身の安全のためによくありませぬ。許可の下りる、然るべき場所に植えるのでしたら構いませんよ」

「わかった」

「紫釉《シユ》様が植えた花は、皇帝の花として価値を持ちます。うっかり誰かが手折った日には、その者が罰せられてしまいます」

「それは大変だ……！」

その昔、妃に命じられて花を手折った宦官《かんがん》が処刑されたこともあるという。またあるときは、後宮にまったく足を運ばぬ皇帝が気まぐれで木を植えるよう命じ、その花や実を愛でる場所を巡って喧嘩《けんか》をした妃たちが追放されたという事件もあったそうだ。

「歴代の皇帝陛下は何故そのようなことを？」

意味がわからない、と首を傾げる私に麗孝《リキヨウ》様は苦笑交じりに言った。

「建前は花を手折ったとか争ったとか色々あるが、結局は元から処罰したかったんだろう。法やしきたりなんてものは、上の者に都合のいいようにできてるからな」

「それを利用するのも政治というものですか……」

「そうだな。本音と建て前をうまく使い分けないと、宮廷《あそこ》では生きていけない」

まぁ、そんな逸話が残るくらいの皇帝は稀だが、と麗孝《リキヨウ》様は笑い飛ばした。

「蒼蓮《ソウレン》の宮まで行ってよいか？」

絵に色を付けるのに使うのだと、摘んだ花を手にした紫釉《シユ》様が麗孝《リキヨウ》様を見上げて尋ねる。その裾は少し土がついて汚れてしまっているが、今すぐ戻ろうなんて言えばきっと悲しむだろうと思い、私も静蕾《ジンレイ》様も今日だけは見て見ぬふりをした。

「構いませんが、ぐるりと回って戻るだけですよ？　蒼蓮《ソウレン》様はおられませんし」

「構わぬ。いつもと違うところへ行ってみたいのだ」

紫釉《シユ》様はごきげんで歩いていく。

爽快な青が広がる空は心地よく、過ごしやすい気候だった。

しばらく歩いていくと、蒼蓮《ソウレン》様の宮の裏手に到着する。警備の者たちは一斉に頭を下げ、紫釉《シユ》様が通り過ぎるまでじっとしていた。

このまま一周してすぐに帰るはずだった私たちの目に、宮の一角にある畑で屈んで苗の世話をしている莉雅《リイヤー》様のお姿が見えた。

隣には兄が同じように屈んでいて、苗の横に長い棒を差そうとしていた。

「これで風が強うなっても大丈夫だろうか？　彩林《ツァイリン》は野菜のことは気にかけてくれぬのだ」

「ははっ、そうでしょうね。このようにすれば問題ないと、庭師が言うておりました」

ほのぼのとしたその空気は、ここが宮廷の一部だと忘れそうになるほどで……。遠目に見守っている莉雅《リイヤー》様の世話役と目が合えば、彼女は困った様子ででも仕方ないと笑みを浮かべた。

「莉雅《リイヤー》殿！　秀英《シュイン》！」

明るい声が二人の名前を呼ぶ。

紫釉《シユ》様は嬉しそうに駆け寄っていった。

「あっ」

小さな紫釉《シユ》様は、竹でできた畑の囲いを下からくぐって入っていく。麗孝《リキヨウ》様や武官らは、回り込んでそれを追った。

「紫釉《シユ》様、いかがなされました？」

なぜこんなところに、と莉雅《リイヤー》様がきょとんとした顔で尋ねる。

兄も立ち上がり、恭しく合掌した。

「散歩に来たのだ。蒼蓮《ソウレン》の宮を回って、執政宮の川で魚も見るのだ」

顔を綻《ほころ》ばせる紫釉《シユ》様につられ、莉雅《リイヤー》様も笑顔になる。そして、そこに植えてある花や野菜について話し始めた。

「紫釉《シユ》様は、ナスはお好きですか？　ここには色々な野菜を植えております。まぁ、うまく育ったことはあまりございませんが……」

「そうなのか？　花はきれいに咲いておるのに」

「ふふっ、そうなのです。花の方が野菜よりも丈夫でして。あちらにある牡丹などは、大した手入れをせずとも毎年美しく咲きます」

莉雅《リイヤー》様は、そう言いながらすでに時期を終えた牡丹の方へ目を向けた。

つい先日までは、いくつか花が咲いていていたらしい。

「また咲いたら我も呼んでくれるか？」

「はい、ぜひともお越しください」

にこりと笑う莉雅《リィヤー》様は、何の曇りもない笑顔を振りまく。兄もまた、傍らで穏やかな笑みを浮かべていた。

二人の雰囲気は若夫婦のようで、これほど似合いなのに結ばれることはないのかと思うと胸が痛んだ。

莉雅《リィヤー》様は、もう兄の縁談についてご存じであるはず。それでもこうして今まで通り共におられるのは、五大家の嫡子の結婚は「そういうものだ」と割り切っているからなんだろうか……？

どうすることもできないのに、またもやもやとした心地になる。

その後も二人は笑顔で紫釉《シユ》様と会話を続け、平和そのものといった雰囲気で紫釉《シユ》様のお散歩は終わった。


夜空に薄い雲が広がり、今宵は星が一つも見えない。仕事を終えた私は、藍鶲《ラングウ》と別れて自分の部屋に戻ってきた。

扉を開け、二胡をいつもの場所に置く。

そして、窓を開けようと寝所へ入ったそのとき、私の寝台で寝入っている蒼蓮《ソウレン》様を見つけてしまった。

「なぜっ!?」

どうやってここへ入ったの!?

鍵は厳重に管理室で保管されているはずなのに……!

驚いて固まっていると、私の気配を察知した蒼蓮《ソウレン》様がぱちりと目を開けた。

「戻ったか、凜風《リンファ》」

「は、はい……。ただいま戻りました」

ゆっくりと身体を起こした蒼蓮《ソウレン》様は、随分とお疲れのようだった。ここ数日、紫釉《シュ》様との朝餉の場でしかお会いできなかったから、こうして会いに来てくれたことは嬉しい。

でも、いきなり部屋に現れたらさすがにびっくりする。

「どうした？　許嫁に会いに来るのは当然であろう？」

「驚きました。呼び出してくだされればよろしいのに……」

困り顔の私を見て、彼は「そうか」と言ってかすかに笑う。

「茶をご用意いたしましょう。母から新しい茶葉が届いたのです」

この時間なら、使用人に湯を頼んでもおかしくはない。蒼蓮《ソウレン》様のお姿さえ見せなければ、怪しまれることはないと思った。

しばらくの後、私の部屋には温かい棗茶《なつめちゃ》が用意された。

蒼蓮《ソウレン》様と隣同士で座り、茶と菓子を前にゆっくりとした時間を過ごす。

「あの……。兄の縁談のことは？」

何気なくそう切り出せば、蒼蓮《ソウレン》様は「知っておる」と答えた。

随分と前に、父から確認があったらしい。

「妥当な縁談だと思うたが、そなたは不服か？」

心を見透かされたようでぎくりとする。

不服というのは少し違うけれど、何となく腑に落ちないのだと正直な気持ちを打ち明けた。

「莉雅《リィヤー》のことか」

「ご存じだったのですね」

蒼蓮《ソウレン》様は淡々と話す。かれこれ五年にもなるので、二人が想い合っていることは何となくわかっていたそうだ。

「私は蒼蓮《ソウレン》様に出会うまで、家のためになる結婚をするということに疑問を抱いたことはありませんでした。そういうものなのだと思って生きてきましたから……」

恋なんて詩や歌の中の世界の話であって、現実味がまったくなかった。そういうものがあるんだということは知っていても、想像できるものではなかったのだ。

「恋を知って考えが変わったと？」

くすりと妖艶な笑みを浮かべる蒼蓮《ソウレン》様は、からかうように私を見る。

自分がバカなことを言っていると自覚があるだけに、恥ずかしくて顔を上げられなくなってしまった。

「兄がその気である以上、好きな方と添い遂げてもらいたいと思うのは余計なお世話ですよね」

一時の感情よりも、確かな利益を優先する。五大家の嫡子としてはそうするべきなのだ。

私の気持ちなんて関係ない。

「ただ、ふと思うたのです。私だけ、かように幸せでよいのかと」

好いた方とこうして共にいられる。それがどんなに幸せか知ってしまった。

兄と莉雅《リイヤー》様の姿を見ていたら、つい二人にも一緒になってもらいたいと思ってしまったのだ。

蒼蓮《ソウレン》様は少し考えながら、諭すように言った。

「秀英《シュイン》もみすみす犠牲になるつもりではなかろう？　与えられた選択肢の中で、幸せになることはできるからな。朱《シュ》家の姫を妻としても幸せにはなれる」

その冷静な意見に、私ははっと息を呑む。

「私は勝手に『このままでは兄は幸せになれぬかも』と思ってしまっていたのですね」

莉雅《リイヤー》様とのことは、私がそうして欲しいというだけで何の未来の確証もない。

しかも、兄のことだからきっと誰を妻に迎えてもよき家庭を築けるよう努力するはず……。

「すみません。ただのワガママでした」

ううっ、視野が狭い自分が恥ずかしい。

小さく縮こまる私を見て、蒼蓮《ソウレン》様は笑った。

「そなたはそれでよい。ワガママだろうが何だろうが、かわいらしい発想だと思うた」

「それは欲目が過ぎませぬか？」

どうしてこうも私に甘いのか？

大きな手が私の髪に伸ばされ、するすると指を絡ませて弄ぶ姿までが特別に美しく見える。

「家を守るは『戦』だ。当主の肩には幾千もの命が乗っておる。それらを守るために、確実な手を選ぶ秀英《シュイン》の判断は賢明だと思うぞ」

「……はい」

「とはいえ、私もそなたに絆《ほだ》されたらしい。哀れに思う気持ちは少しだけある」

それは、兄のことかそれとも妹君のことか。そのお顔を見ていると、両方だろうなと思った。

蒼蓮《ソウレン》様も、莉雅《リイヤー》様のお気持ちを考えれば兄と結ばれて欲しいと思う気持ちはあると言い、にも拘《かか》わらず莉雅《リイヤー》様が頼ってくる気配はないそうだ。

「ははっ、あれは幼くして嫁いだわりに私よりも皇族らしいところがある」

「皇族らしい、とは？」

「見栄っ張りなのだ。皇族など、意地と見栄で立つ生き物だからな」

そういうものなのかしら？

「どうにかできぬわけでもないが、こちらが強引に手を回せば秀英《シュイン》が怒るであろうな。あれも穏やかに見えて、相当に意地を張るときがある」

「それはそうですね」

蒼蓮《ソウレン》様は、あくまで秀英《シュイン》が望むなら手を貸す……という姿勢であり、この件に関して自ら何か動くことはないと明言した。

それはもっともなお言葉で、私もこれ以上何か言うことはなかった。

そろそろ帰ると言う蒼蓮《ソウレン》様を見送ろうと席を立ったとき、問答無用で部屋に押し入ってきたのは慌てた様子の兄だった。

執政宮から忽然《こつぜん》と姿を消した蒼蓮《ソウレン》様を捜し、さては……と思って訪れたのだという。

「まったく、かように気軽に凛風《リンファ》の部屋へ行かれては困ります！」

怒る兄を見て、蒼蓮《ソウレン》様はいつものようにクッと笑う。

「秀英《シュイン》は頭が固い」

「そういう問題ではございません」

「はぁ……。もうよい、そなたは柳《リュウ》家に戻れ。昨日も帰っておらぬのだろう」

「帰れるようにしてください、帰れるように」

面倒くさそうな様子で去っていく蒼蓮《ソウレン》様。

私はくすくすと笑っていた。

「凛風《リンファ》、笑っておる場合ではない。子ができれば世話係を続けられぬのだ。蒼蓮《ソウレン》様と二人きりになるのはやめておけ」

「大丈夫です。蒼蓮《ソウレン》様は茶を召し上がっていただけです」

疑いの目で見る兄を、私も負けじと睨み返す。

まだ何か言いたげな兄は、なかなか部屋から出て行こうとしなかった。

「そなたはわかっておらぬ。蒼蓮《ソウレン》様はあまり我慢強い性分ではない。幼い頃から抑圧されて育ってきたせいで、今ではすっかり我慢せぬようになられた。いくら許嫁とあっても公にできぬ以上、適度な距離感を大切に――」

「わかっております。それで、何かほかに御用事でも？」

そう尋ねれば、兄は思い出したかのように言った。

「そうだ、婚姻の儀の日取りが決まったので知らせるつもりだったのだ」

「あ……」

私も休暇を取り、柳《リユウ》家に戻らねばならないということだった。兄はわざわざそれを言いに来たようだ。

「わかりました。……兄上」

「ん？」

「莉雅《リイヤー》様はこのことをご存じなのですよね？」

躊躇いがちに問いかけたとき、兄は一瞬驚いた顔になった。どうやら、私にはバレていないと思っていたらしい。

「あぁ、先日ご報告した。結婚することになった、と」

莉雅《リイヤー》様は、何もおっしゃらなかったらしい。

そう、と一言だけでいつもと変わらぬ態度だったとか。

「互いに心の内を言い交したことなどない。仕方あるまい」

「そんな……。兄上は、お気持ちを伝えずともよろしいのですか？」

叶わぬことだとわかっていても、好きだと一言告げたくはないのだろうか？

兄は静かに首を振り、伝える気はないと言う。

「あの方を、檻に閉じ込めとうない。こちらは気持ちを伝えてすっきりするかも知れぬが、置いていかれる方は未練が残るだろう。たとえいつか『あのとき言うておけばよかった』と私が後悔しようとも、あの方に苦しみを与え続けるよりはずっといい」

「兄上……」

すべては、莉雅《リイヤー》様のため。兄は何も言わぬまま、おそばを離れようとしていた。

妻を持てば、これまでのような日々は訪れない。

兄は、莉雅《リイヤー》様との私的な関係を絶つことを決めていた。

「わかっておる。あの方は私を好いてくださっておるのだろう。なれど、どうにもならぬことというものはあるのだ」

蒼蓮《ソウレン》様は、秀英《シュイン》が望むなら……とおっしゃった。

きっと何か方法はあるのだ、莉雅様《リィヤー》を妻にする方法は。

けれど私にそれは思いつかず、何より兄自身が望んでいない。

「三日後、お会いするのが最後になるであろう」

兄が、兄自身として莉雅様《リィヤー》にお声かけできるのはその日でおしまいになる。それからは、蒼蓮様《ソウレン》の側近として接するだけになるのがわかった。

「柳家《リュウ》を継ぐのは自分のためでもある。これでよいのだ」

私の肩にぽんと手を置いた兄は、そう言って笑った。

その顔があまりに切なく、胸が締め付けられるような心地になる。

兄は正しい。何一つ間違っていないのだろう。

ならば、なぜこんなにも見ている側の私までが苦しいのか？

疑問は解けぬまま、兄は静かに去っていった。


采和殿《サイカデン》の一室に、鳥かごが一つ。中には小さな黒い鳥がいた。

体毛は黒く、頬が少しだけ白い。麦色のくちばしを巧みに使っては、赤い実を器用に食べている。

「真に愛らしいな」

「そうですね」

かごの中を覗き込む紫釉《シュ》様は、興味津々といった表情で観察していた。

この子との出会いは、今朝の散歩中。四阿に寄った際に偶然見つけたのが、このムクドリだった。

「いっぱい食べて元気になるんだぞ？」

羽を怪我していたので、今は一時的に采和殿《サイカデン》へと連れ帰っている。

紫釉《シュ》様はとても気に入ったご様子で、書閣や武術の稽古の合間を縫ってはここへ来て声をかけていた。

午睡の時間になり、私は紫釉《シュ》様と共に寝所へ向かう。

今日は二胡を弾くまでもなく、すぐに眠りに入られた。

「交代にいたしましょう」

「はい」

静蕾《ジンレイ》様と入れ替わり、寝所を後にする。

執政宮へ紫釉《シュ》様の記録帳を持っていくと、柳家《リユウ》からの文を尚書省で受け取り、その後は休憩の時間となる。

すべての用事を終えた私は、後宮の食堂へと移動した。

「いい天気」

見上げれば、青い空がどこまでも広がっている。

ふと、莉雅《リィヤー》様がどうしているのかが気になった。

兄はもうお別れを伝えたのだろうか？

迷ったけれど、心配でつい足が向かってしまう。

濃茶色の壁に朱色の屋根、いつしか見慣れた宮に到着するのは早かった。鎧《よろい》を着た門番はいつものように無言で私を通し、使用人に莉雅《リィヤー》様の様子を尋ねれば「庭におられます」とあっさり案内された。

しばらく行けば笛の音が聞こえていて、庭に面した套廊《タオラン》に座る莉雅《リィヤー》様の後ろ姿が見える。

「…………」

しまった。ここまで普通に入ってきてしまったけれど、一体何とお声をかければいいの？

様子を見に来ました、なんて明らかにおかしい。用事もないのに公主様のところへ来てしまうなんて、私は相当に混乱しているのかもしれない。

困って立ち止まっていると、莉雅《リィヤー》様は笛を吹くのをやめ、くすりと笑ったような気がした。

「どうかしたか？」

「い、いえ……」

こちらを振り返った莉雅《リィヤー》様は、落ち着いたご様子だった。いつも通り、そう感じられる。

「紫釉《シュ》様はどうなさった？」

私が一人でいるのを見て、彼女は不思議そうな顔をする。

「今は寝所でお休みになっておられます」

「あぁ、そうか。近頃はなかなか寝ようとしないと静蕾《ジンレイ》が嘆いていたが、今日はきちんと眠られたか？」

「はい。散歩の途中でムクドリを拾いまして、はしゃいでお疲れになったのだと思います」

「ふふっ、それはおかわいらしい」

長い髪がさらりと風に揺れ、白い頬を軽く撫でる。

「秀英《シュイン》なら、まもなくここへ来る」

莉雅《リイヤー》様は、庭の木に目をやりながら静かに言った。

「もうここへは来られぬと、文を寄越せばよいものを……。いちいち挨拶に来るなど律儀な男だ。執政宮はよほど暇なのか？」

その口ぶりに、私は苦笑する。

きっと莉雅《リイヤー》様も気づいておられるのだろう。兄が己の意志で動けるうちに、どうしても一目会いたいと思っていることに。

「兄らしいと思います」

「ふふっ、そうだな」

莉雅《リイヤー》様は、目を細めて笑った。

「凛風《リンファ》殿、秀英《シュイン》はよき兄か？」

突然そう尋ねられ、私はきょとんとしてしまう。

けれど、答えはすぐに出た。

「はい。立派な兄にございます」

だからこそ、幸せになって欲しい。

口には出さずとも、それは伝わったようだった。

「五年前、いや、もうすぐ六年前になるのか。私がここへ逃げ帰ってきたとき、何もかもを整えてくれたのが秀英《シュイン》であった」

三歳のときに離れた黒陽《ヘイヤン》。人も物も何もかもが新しく、かなり戸惑われたそうだ。

「私は公主《ひめ》として生まれ、公主として嫁いだ。そして、ただ檻の中で暮らすことを求められ、ある日『妻として死ね』と言われた。一度もきちんと生きておらぬのに死ねとはどういうことか？　と首を傾げたが私に選択肢などなく、元夫と共に埋葬されることが決まった」

先帝様である燈雲《トウウン》様、そして蒼蓮《ソウレン》様という二人の異母兄によって救い出された莉雅《リイヤー》様は、そのときにここへ連れて来られたと話す。

「あのときは、ただ死にたくないと必死だった。これからが大変なのだと気づくのは、そう遅くはなかったが……」

命が助かったことはありがたい。なれど、自由にしてよいと言われてもどうしていいかわからない。

「どうやって生きていけばよいのか……、と途方に暮れたのを覚えておる」

この方の半生に、自分自身というものはなかったのだ。公主や妻という立場に翻弄され、いざそれから逃れることができても苦労の連続だったに違いない。

当時、兄は蒼蓮《ソウレン》様の代わりに莉雅《リイヤー》様の暮らしぶりを支えていた。

「詩や歌の書を取り寄せてくれて、笛や笙も持ってきてくれた。花や草木の世話、土いじりさえ何でもやってよいと言って自分も一緒にしてくれた。柳《リユウ》家の嫡男が土いじりなどしたこともないだろうに、私のためにわざわざ学んで……」

「それで添え木まで？」

「そうだ。今では庭師として宮廷で働けるのではないか？」

忙しい合間を縫って、兄はここへ来ては莉雅《リイヤー》様と過ごしていた。

きっと、兄にとってもかけがえのない時間だったのだろう。

「秀英《シユイン》が来てくれることが、どれほど救いだったか」

莉雅《リイヤー》様は、胸の前で笛をぎゅっと両手で握り締める。鮮やかな牡丹の絵のそれは、兄が「よくお似合いです」と言うてくれたのだと笑った。

「おかげで、今はこうして自由きままに暮らしておる。生きていてよかったと思える」

ご自身の境遇を恨んでも仕方ないはずなのに、今は幸せだと言い切れるなんてとても強い人だと思った。

「莉雅《リイヤー》様は、兄のことをそこまで……」

艶やかな唇が、かすかに弧を描く。

それは静かな肯定だった。

こんなにも想い合っているのに、二人はこれから別々の道を進まねばならない。それが悲しくて、私の方が泣きたくなった。

「バカな男だ。最後まで好きだと言うてはくれなかった。互いに同じ気持ちであるのに、わからぬはずがあるまい」

でもこの方もまた、兄に好きだとは伝えなかったのだろう。ご自身が白の姫である限り、妻として添うことはできないと理解しておられたから……。

「わかっておる。白の姫を妻とすれば、苦労をかけてしまうだろう。好いた男にその重すぎる荷を背負わせたいとは思わぬ。なれど、たった一言『好きだ』と言うて欲しかった」

兄の想いも、莉雅《リイヤー》様の想いもどちらもわかる。

何かを残せば相手を苦しめるのではないかと思う兄の気遣いも、追い縋るつもりはないから一言だけ思い出が欲しいという莉雅《リイヤー》様の願いも、どちらも痛いほどに切ない。

莉雅《リイヤー》様にとって、兄も幸せの一部だったのだ。それが欠けてしまうのがどれほど恐ろしいことか……。莉雅《リイヤー》様は笑っているけれど、静かな絶望がより深く伝わってきた。

「正しい道を選べる者は美しい。私は、秀英《シュイン》が幸せであってくれるのならもう会えずともよい」

「……はい」

「だから、秀英《シュイン》が幸せになれるよう、そなたはしっかり見張っていてくれ。蒼蓮《ソウレン》に振り回されても、右丞相にせっつかれても、己の信じる道を歩んでいけるよう、時に叱ってやってくれ」

「……はい。そのように」

ここで、雹華《ヒョウカ》様が奥の部屋から顔を出す。花模様の青い衣がよく似合っていて、こうしていると職人というよりも高貴な家の女主人のようだった。

「莉雅《リイヤー》様、秀英《シュイン》様がお見えです。お通ししても？」

兄の訪れを知らせてくれた雹華《ヒョウカ》様もまた、事情をご存じのようだった。

少し不安げで、莉雅《リイヤー》様の様子を心配しているのがわかる。

「通せ」

莉雅《リイヤー》様は立ち上がり、振り返ってこうも告げた。

「秀英《シュイン》がいる間、二人はそちらの部屋にいて欲しい」

「え？」

驚いた私は、雹華《ヒョウカ》様と目を見合わせる。

隣室にいたら、話は聞こえてしまうのではないだろうか？

莉雅《リイヤー》様のお顔を再び見ると、それを望んでいるようだった。

「誰かがそこにおるとわかっていれば、みっともなく追い縋らずに済む」

皇族としてみっともない姿は見せたくない。特に、好きな人には……。

私には莉雅《リイヤー》様のお心がよくわかった。

蒼蓮《ソウレン》様の前では、情けないところを見せたくない。選んでよかったと思ってもらえるような、立派な人間でいたいと見栄を張ってしまうのだ。

別れの場に居合わせるなど気まずいけれど、莉雅《リイヤー》様のお気持ちがひしひしと伝わってきて、私は「わかりました」と頷いた。


兄はいつものように、官吏の姿でやってきた。

私と雹華《ヒョウカ》様は隣室で床に座り、ただじっと二人の話が終わるのを待つ。

兄は笑顔で迎えた莉雅《リイヤー》様をまっすぐに見つめると、一礼をした後に静かに話し始めた。

「本日はお目通りいただき、ありがとうございます。僭越《せんえつ》ながらご挨拶をと思い、こうしてやってきました。婚儀の日取りが決まりましたゆえ、ここへ来るのは今日限りとなります」

兄は平静を装い、ただの報告として言葉を発した。二人は笑みを浮かべているはずなのに、もうこれでお別れなのだという悲しみが広がっている。

莉雅《リイヤー》様は堂々とした態度と声音で、これまでの兄のことを労った。

「秀英《シュエイ》、そなたには世話になった。真に感謝しておる」

「光栄です」

「この先、私のことは気遣わずともよい。そなたが思うより、ずっと私は立派になったのだ。だから……そなたはよき夫となり、幸せに暮らすのだぞ？」

「はい。仰せの通りに」

兄の口調がいつもより硬いのは、動揺を悟らせないために違いにない。

長い沈黙は二人がこの時間を名残惜しいと思っているからで、互いに言葉を選ぶうちに時は緩やかに流れていく。

「莉雅様《リィヤー》」

先に口を開いたのは兄で、その声は苦しげだった。

「一つだけ……。この世にはどうにもならぬことがございます」

「それは、そなたの結婚についてか？」

「いえ、そうではなく、貴女様につけられた心無い呼び名についてです。白の姫など、貴女様には何の罪もないこと……。莉雅様《リィヤー》の御身もお心も、一つの曇りもないことをお忘れなく。己のせいではないと、どうか思い続けてください」

兄の言葉に、莉雅様《リィヤー》は驚いて息を呑む。

「いつか、どんな者でも謂《いわ》れなき批難を受けぬ国を……、そんな国を作れるよう努めますので、どうか……」

感情を押し殺すようにそう言った兄は、莉雅様《リィヤー》の返事を待っているようだった。

かすかに衣擦れの音がして、莉雅様《リイヤー》がゆっくりと兄に近づく。

「わかった。私のせいではないと信じて暮らそう。そなたがいつの日か、よき国にしてくれるのを待っている」

兄は一礼し、振り返ることなく宮を出ていった。その後ろ姿を見送る莉雅様《リイヤー》は、涙を一粒すら流さず気丈に振る舞っておられた。

「莉雅様《リイヤー》」

私と雹華様《ヒョウカ》が声をかけると、途端に緊張の糸が切れたように床に膝をつく。

堰《せき》を切ったように頬を伝う涙は、衣にポタポタと落ちていった。

「見栄など張るものではないな……。ただ息をしておるだけで、こんなにも苦しい」

励ましの言葉が見つからない私は、その背を撫でさすることしかできない。

態度に出さぬだけで、兄も心の中ではこのように苦しんでいるのだろうか？　できることなら、莉雅様《リイヤー》を己で幸せにしてやりたいと思っているのだろうか？

この期に及んで「もうどうすることもできないのか」と葛藤が続いた。

後宮から宮廷へ向かうには、特殊な通行証がいる。

私が持っているのは蒼蓮《ソウレン》様や兄のいる執政宮への通行証で、残念ながら父のいる尚書省へは自由に行くことができない。

でも、私は今確かに尚書省の廊下を歩いていて、隣には蒼蓮《ソウレン》様がいた。

窓の外はすでに真っ暗で、紫釉《シユ》様はご入浴を終えてお休みになられている時間だ。

寝所で二胡を弾き、自室へと戻ろうとしていたところに蒼蓮《ソウレン》様が迎えにきて「行くぞ」と声をかけられこのような状態になっている。

「蒼蓮《ソウレン》様は、父に何かご用事があるのですか？」

黒髪を靡かせて颯爽と歩く蒼蓮《ソウレン》様は、何やら企み顔だった。美しいが恐ろしい。兄が見たら「また悪いことを考えていますね!?」と慌てそうな雰囲気である。

「秀英《シュエイ》が張り切っておってな。おそらく縁談のことや莉雅《リイヤー》のことがあるから、動揺を悟られまいと気を張っておるのだろう。そのせいで、書簡や陳情書が私のところまで上がってくるのがやけに早くて迷惑している」

「は？」

兄がきちんと働いているのなら、よいことなのでは？　無理をしているように見える、ということで心配してくださったのかしら？

けれど、迷惑そうな蒼蓮《ソウレン》様はため息交じりに言った。

「私に対する小言も、いつも以上に多い。親である右丞相に苦情を届けねばならんと思うていたところだ」

「それは正当な苦情ですか……？」

本気だ。

この方は本気だった。

困惑する私に、蒼蓮《ソウレン》様は尋ねる。

「そなたもさぞ不満が溜まっておると思うてな。共に右丞相の元へ参ろうということだ」

「それは何と申せばよいのやら」

実はずっと考えていたのだ。

朱《シュ》家との縁談と同じくらい、兄と莉雅《リイヤー》様の二人が結ばれることに利はないものか……と。ただし、私に思いつくようなことであれば、すでに父が動いているはずで。

未だこれといって画期的な発想は浮かんでいなかった。

「父を説得できる気がしませぬ」

兄上の恋を叶えてあげて欲しい。そんな生ぬるいことを言えば、鼻で笑われるだろう。叱られる域にも至っていない。

「物は言いようだ、凜風《リンファ》」

「伝え方によっては押し通せると？」

「重要なのは、柳《リュウ》家の跡継ぎが秀英《シュイン》であることだ。朱《シュ》家との縁組は妥当ではあるが、よくよく考えればこれが最適とも思えぬ」

「兄上にとって最適……」

立ち止まり、私は視線を落として考え込む。

そうか、父を説得するにはわかりやすい利が必要だと思い込んでいたけれど、兄が誰と結婚するかによってその利は形を変えるということ？

兄が莉雅《リイヤー》様と結ばれることで得られるのは…………。

「私がそうであるように、好いた者を許嫁にすると人は変わるものだ。多少の無茶は通せるようになる」

まるで以前まではおとなしくなさっていたような言い方だ。

「なれど、朱《シュ》家はどうやって繋ぎ止めましょう」

今回のことは二家の関係性を深める意味での縁談なのだから、朱《シュ》家を丸ごと無視することはできない。たとえば、莉雅《リイヤー》様が素性を伏せて朱《シュ》家の養女になったとしても、向こうからすれば実の娘を嫁に出すよりは利が少ない。

こちらが何か差し出せるものを、と考えるものの私にはそれが思いつかなかった。

行き詰まった私を見下ろし、蒼蓮《ソウレン》様はにやりと笑う。

「莉雅《リイヤー》をもろうてくれるなら、私から祝いをやろう。それがあれば、朱《シュ》家も秀英《シュイン》との縁組より飛びつくであろうな」

「そんなことが？」

「少々面倒なことにはなるが、そこは秀英《シュイン》ががんばるであろう。私は知らぬ」

「えええ」

「そなたは言いたいことを右丞相に伝えよ。何があっても私がいる」

蒼蓮《ソウレン》様はあっさりそう言うと、再び歩き始めた。

その後ろ姿は堂々としていて頼もしい。ただ、蒼蓮《ソウレン》様を頼ってしまってもいいものか、と迷う気持ちがあった。

「…………」

――人が一人前になるということは、一人で何もかもできるようになるということではない。

――己が非力なことを重々認識し、家の力や蒼蓮《ソウレン》様を頼れ。

ふと頭をよぎったのは、いつかの夜に聞いた父の言葉。私に力はないけれど、うまく頼れという教えだった。

いやいや、今蒼蓮《ソウレン》様を頼ったら「そういう意味ではない」と叱られるのでは……？　でも頼っていいと言ったのは父なのだし……。

「凜風《リンファ》」

ついて来ない私を心配し、振り返った蒼蓮《ソウレン》様が不思議そうに私を見つめている。

あぁ、もう時間がない！

早足で歩き出した私は、覚悟を決めて宣言する。

「私は見栄も恥も捨て、蒼蓮様《ソウレン》に縋ります」

手段を選んでなどいられない。

私は、この方のことも利用しなければならぬほどに非力なのだから……！

「それでよい」

蒼蓮様《ソウレン》は満足げに笑った。


いきなりやってきた蒼蓮様《ソウレン》のお姿に、尚書も護衛も皆が驚いて目を瞠る。

皇帝代理であり最高位執政官の彼を止められる者などおらず、私は蒼蓮様《ソウレン》の背に隠れるようにして黙ってついていった。

よかった、蒼蓮様《ソウレン》が目立ちすぎるから私はただの付き添い女官だと思われている。

父のいる執務室の前に到着し、官吏に来訪を告げればすぐに扉は開かれた。

大きな扉が開くと、父は先日のように机に向かって文を書いていた。前触れもなく突然やってきた蒼蓮様《ソウレン》と私を見て、さすがに意表を突かれたのか「何事か」と眉根を寄せている。

「夜にすまないな。急ぎ話したいことがあって来たのだ」

いつものごとく挨拶は省略した蒼蓮様《ソウレン》がそう言うと、父は部屋にいた官吏らを下がらせた。彼らは書簡や筆を持ち、逃げるように出ていった。

これから喧嘩でもすると思われてる……？

まるで険悪な二人みたいな扱いだった。

私たち三人だけになったところで、蒼蓮《ソウレン》様が本題を突きつける。

「秀英《シュイン》の縁談について話がある」

「ほぉ、それは興味深いですな」

二人とも笑顔が怖い！

どう見ても喧嘩腰というか、やり合う気配が漂っていた。

官吏たちが逃げ出したのは正解だ。いるだけで凍りそうな空気に、精神力がごりごりと削られていく。

「ですが、娘をこのように連れ出されては困ります。あと四年、周囲の目をごまかしていかねばならぬというのに」

「ははっ、案ずるな。私が凛風《リンファ》に夢中であるというのは知れ渡っておる。私たちの姿を見られても、凛風《リンファ》が言い寄られておるとしか思われぬからな」

わざと私の肩を抱き寄せた蒼蓮《ソウレン》様は、明るくそう言った。

父は呆れたような顔で、「話が逸れましたな」とため息を漏らす。

「で、秀英《シュイン》の縁談が今さらどうかなさいましたか？　蒼蓮《ソウレン》様とて、五大家の縁組に口を挟む権利などありませぬぞ」

わかりやすい挑発であり、牽制だった。

五大家の当主として、ここは譲れぬという意志が伝わってくる。

「そんなことは承知の上で言うておる。右丞相よ、秀英《シュイン》の妻は莉雅《リィヤー》でどうだ？」

「私が頷くとお思いですか？」

「わりといい案だと思うておる」

「……正気ですか？」

探るように見る父と、皇族らしい堂々とした笑みを浮かべる蒼蓮《ソウレン》様。

私はただ見守っていたのだが、蒼蓮《ソウレン》様から突然に話を振られてしまう。

「理由はそなたの娘から説明しよう」

「っ！」

父の視線が私に移る。

久しぶりに感じる威圧感に、自分が急激に緊張するのがわかった。

今ここで私が落ち着かなければ、説得できるものもできない。お腹に力を入れ、呼吸を整えてから父に挑む。

「――私も、兄上の妻には莉雅《リィヤー》様がふさわしいと思います」

「なぜだ？」

「兄上が……、兄上だからでございます」

柳《リユウ》家の次期当主でありながら、その性格は明るく優しい人だ。そんな兄だからこそ、想い人と一緒になった方がいいと思う。

「兄上は、莉雅《リイヤー》様を大切に想っています」

「そんなことは知っておる。だが、本人も納得して朱《シユ》家との縁談を受けたのだ。一時の感情より、確実に得られる利を求めるは柳《リユウ》家の嫡男として当然のこと」

ここへ来る前から想像がついていたその言葉に、私は真正面から反論する。

「兄上がなすべきことは、柳《リユウ》家を守ること。ならば、より兄上が兄上らしく力を発揮できるお相手を選んだ方がよいと思います！　兄上は莉雅《リイヤー》様を妻にすれば、今以上に必死で力を尽くすのではないでしょうか？　柳《リユウ》家の権威が兄上の代で落ちれば、それは白の姫を娶《めと》ったせいだと言われます。そうならぬよう、力を尽くそうとするのが兄上です。朱《シユ》家の姫をもらうよりも利を生む結婚となるはず」

「おまえは可能性に賭けよと言うのか？　家を守るのは賭博ではないぞ」

「この世に確かなものなどございません。父上であれば、兄上の性格から先を読み、よりよき駒となるよう兄上に莉雅《リイヤー》様を与えるくらいの余裕はございましょう」

兄のことを駒だなんて言いたくないけれど、父に訴えかけるにはこれが最も伝わりやすいだろうと思ってのことだった。

父は一瞬だけ驚いて、でもすぐに考えるそぶりを見せる。

この時点で「出ていけ」と追い出されていないことが奇跡のようなもので、私は不安で押しつぶされそうな心をひた隠し、父の言葉を待つ。

「だが、朱《シュ》家との関係はどうなる？　縁談を白紙に戻すだけでは、柳《リュウ》家の信頼を失うことになるぞ」

父の言う通りだ。

これに答えたのは、黙って見守ってくれていた蒼蓮《ソウレン》様だった。

「朱《シュ》家の嫡男を私が引き受けよう」

「あの変わり者を？」

「笙ばかり吹いておるが、話のできぬ男ではないという調べだ。使い途《みち》は色々とあるぞ。たとえば私の側近になる……とかな」

蒼蓮《ソウレン》様は、朱《シュ》家の嫡男を執政宮に出仕させ、ご自身の側近候補として取り立てると言ってくださっていた。当然、慣れるまで面倒を見るのは兄ということになる。

皇族であり最高位執政官である蒼蓮《ソウレン》様の側近になるのは、現時点で最上級の栄誉だろう。ここへ来る前、蒼蓮《ソウレン》様が「朱《シュ》家の当主が縁談よりも飛びつく」と表現したのは間違っていなかった。

「どうする？　右丞相」

「秀英《シュイン》がどちらを選ぶかが問題ですな」

「ははっ、今さらだ。そなたは子に判断を委ねるような男ではない」

「……これでも秀英《シュイン》に委ねたつもりでしたが」

父は目を閉じ、はぁと深く息をついた。相当に疲労が溜まっているらしい。右丞相としての仕事に加え、兄の縁談のことで方々に手を回していたのだから疲れるのもわかる。

しかも、ここにきてそれを覆しに私たちが押しかけてきたのだから、それについては申し訳なくなった。

「大丈夫ですか？」

そう尋ねれば、父はムッとした様子で私を見た。

「娘に心配されるほど老いてはおらぬ」

「そうですか」

せっかく心配したのに！

父は父だった。

「おまえから見て、莉雅《リイヤー》様はどうだ？　柳《リユウ》家次期当主の妻が務まる器に見えるか？」

睨むように見つめられ、また緊張感が高まる。

それでも、ここで怯《ひる》めば父に話を流されてしまうと思った。

「莉雅《リイヤー》様は、強きお方にございます」

「…………」

ご自身の境遇をよく理解した上で、兄の幸せを願ってくださった。

優しくて、強い方だと思う。

「私は、あの方が好きでございます」

父は小さく息をつき、「わかった」とだけ言った。

納得してくれた……？

じっと見つめて答えを求めるも、父は突然呆れた声で忠告を始める。

「凜風《リンファ》。己の思うように事を運びたいときは、どれほどバカげたことでも己が正しいという気迫を見せろ。相手の反応をいちいち確かめるな」

「は、はい」

「自信がなくても声を張れ。決して譲らぬという心を態度で示せ」

「わかりました」

まさか訴え方のことでお説教されるとは……！

気が遠くなりそうだった。

蒼蓮《ソウレン》様のお力を借りたことについては不問となり、間違ってはいなかったようだが、私の態度そのものはとても及第点ではなかったらしい。

父の視線が痛い。

ところが、待っていた言葉は突然やってきた。

「……蒼蓮《ソウレン》様と話がある。おまえは後宮へ戻れ」

「では……！」

私は喜びを露わにする。

蒼蓮《ソウレン》様を見上げれば、優しい目で笑いかけてくれた。

「すべてこちらで何とかする。私が秀英に莉雅《リイヤー》を押し付けた形にすれば、柳《リュウ》家の親戚筋からも表立って文句は出まい」

「でもそれでは蒼蓮《ソウレン》様が」

「構わぬ。数ある悪行の一つになるだけだ」

「一体いつもどのようなことを……？」

蒼蓮《ソウレン》様がどんなことをなさっているのか、どれくらい恨みを買っておられるのかが心配になってくる。

それでも、今は父とこの方にお任せするほかはなかった。

「ありがとうございます！　よろしくお願いいたします」

そう言って部屋を出た私を待っていたのは、後宮で待っているはずの藍鶲《ラングウ》だった。

宮女姿の彼は、私の顔を見てすべて察してくれたらしい。

口元にかすかな笑みを浮かべ、「よかったですね」と言った。

この日は、日の出よりも早い時間から使用人たちが謁見の間で支度を整え始めていた。

紫釉《シュ》様はいつもより早く目覚められ、朝餉を召し上がってから赤と黒の装束に着替える。黒い冕冠を頭に被せ、しっかりと紐を結べば「皇帝陛下」のお姿になられた。

「二回目だから前より完璧に言えるぞ」

「はい。しっかり励んでくださいませ。私たちはこちらでお待ちしております」

私と静蕾《ジンレイ》様に見送られ、紫釉《シュ》様は背筋を伸ばしてゆっくりと歩いていった。

漆黒の床に金銀の装飾が煌びやかな謁見の間は、皇帝陛下の権力を表す厳かな雰囲気で、その中央には兄がいる。鮮やかな青緑色の生地に黒の刺繡が施された装束は、官吏ではなく柳《リュウ》家の嫡男としてここへ来ていることがひと目でわかる。

金で縁取られた立派な玉座には、さきほど控えの間を出て行った紫釉《シュ》様が座る。まもなくして、官吏の男性が開会を宣言した。

「光燕《コウエン》国を統べる皇族であらせられる、第十七代皇帝紫釉《シュ》陛下がここにご顕現なされた。皆の者、その尊きご意思に正しく従い……」

長い長い口上の間、誰もがじっと身動きを止めていた。

百人を超える官吏や武官が合掌する中で、紫釉《シュ》様はそれを見慣れた風景として見下ろしている。

蒼蓮《ソウレン》様は玉座のそばに立ち、いつも通り涼やかな表情だった。

「それでは、柳《リユウ》家ならびに朱《シユ》家の縁組を皇帝陛下にご報告いたします」

笛や笙、琵琶など華やかな音色が奏でられる。それを合図に大きな扉が開き、朱《シユ》家の姫がゆっくりと入ってきた。

ここで初めて、兄は振り返って己の許嫁に手を差し伸べることになる。

「っ!?」

いつも穏やかな表情の兄が、目を見開いて息を吞む。

莉雅《リイヤー》様が近づいてきても、愕然《がくぜん》としたまま手を差し伸べることも忘れていた。

それを見た蒼蓮《ソウレン》様は、クッと笑いを漏らす。

——兄上は何も知らなかったのだ。

私も蒼蓮《ソウレン》様に口止めされていて、今日まで縁談の話を口にすることはなかった。

『何も知らせぬ方が面白いであろう？』

これで兄の寿命が縮んでいなければいいのだけれど……。

呆気に取られる兄の隣にやってきた莉雅《リイヤー》様は、牡丹と蝶の刺繡《ししゆう》が施された華やかな衣を纏っていて、神々しいほどにお美しい。

「此度、朱《シユ》家より参りました莉祥《リーシヤン》と申します」

莉雅《リイヤー》様は、朱《シユ》家の養女となったことでその名を改めた。

白の姫として忌避されることには変わりないが、「名を改めるは生まれ変わること」とされるた

め、蒼蓮《ソウレン》様が提案なさったことだった。

きっと、これまでのことを捨て去り新しい人生を生きて欲しいという願いがあったのだろう。

「…………莉祥《リーシャン》殿?」

兄はまだ現実味がないようで、ぽつりとその名を口にする。

目に涙を浮かべて微笑む莉雅《リイヤー》様は、小さな声で「はい」と言った。

「蒼蓮《ソウレン》様」

兄は壇上の蒼蓮《ソウレン》様を振り返る。そして次に、右丞相として席に着く父を見て呟いた。

「父上が……?」

信じられない。その気持ちが伝わってくる。

兄は動揺しつつも、ここが謁見の間であることを思い出し、すぐさま莉雅《リイヤー》様に向き直った。

そして、感極まった様子で手を差し伸べる。

「朱莉祥《シュリーシャン》殿、どうか私の妻となっていただきたい。元始様のお導きに従い、共に生きて参りましょう」

古くから変わらぬ求婚の言葉を、兄は噛み締めるように口にする。莉祥《リーシャン》様もまた、兄と同じように満ち足りた顔をしてその手を取った。

玉座の紫釉《シユ》様の方を向き、二人はその場に膝をつく。

「柳《リユウ》家の次期当主、秀英《シユイン》。この先は朱《シユ》家の娘と共によき家を作り、守っていくよう命じる」

愛らしい声が謁見の間に響き、緊張感漂う空気がふわりと和む。

兄たちは深々と礼をし、紫釉《シユ》様のお言葉に感謝した。

「ありがたき幸せにございます」

ここに集められた大臣や官吏らは、誰も本当のことを知らない。きっとこれから、「白の姫を嫁に取るなど、いよいよ右丞相も耄碌したか」と囁く者も出てくるだろう。

それでも、兄にできることは柳《リュウ》家の力が衰えぬようひたすら励むことだけだ。

「よかったですね、凛風《リンファ》」

「はい。ようやくホッといたしました」

静蕾《ジンレイ》様も私も、自然に笑顔になる。

兄があれほどまでに嬉しそうな顔をするのは、初めてかもしれない。今この瞬間の幸せそうな二人を見ていると、きっと大丈夫だと思えた。

エピローグ　幸せはすぐそこに

幸せそうな兄たちの姿を見た後、私は何気なく父の方へ視線を向けた。

深い意味なんてなく、ただ何となくだった。

「……父上？」

いるだけで威圧感のあるところはいつも通りで、兄があれほど喜んでいるのを見ても眉一つ動かさない姿に「やはりか」という感想を抱く。

けれど、今日はどこか違和感があった。

儀式が終わり、皆が謁見の間を去っていくのに父は椅子に座ったまま、何やら尚書に耳打ちされても首を振ってそこに居続けた。

何か尚書と話があってまだここに？　でも、それなら部屋に戻ってすればいい。

「すみません、少し外してもよろしいでしょうか？」

静蕾《ジンレイ》様に許可を取り、私は父の元へ向かった。

謁見の間には、兄と莉祥《リーシャン》様、それから父とその傍らに尚書が三人いた。

兄は、心配そうな目で父を見ている。

やはり何かあったらしい。具合がよくないとか？

近づいてきた私を見つけ、父は少しだけ嫌そうな顔をした。そして、立ち上がろうとしてぐらりと上体が左に揺れる。

「父上！」

尚書に支えられ倒れ込むことはなかったものの、何か不調を来していることは間違いない。

慌てて侍医を呼ぼうとする兄を制し、「問題ない」と一言告げた。

「しかし……！」

「疲れが溜まっているだけだ。少し休めば治る」

父は「おまえにはほかにやることがあるだろう」という目で兄を睨み、早く蒼蓮《ソウレン》様のいる執政宮へ戻れと命じる。

「では、私が部屋まで見送りましょう。兄上は蒼蓮《ソウレン》様のところへ……」

そう申し出れば、兄はしばらく悩んではいたものの「ならば後で参る」と言って莉祥《リーシャン》様を連れて謁見の間を出て行った。

「父を休める場所まで運んでください。侍医にも連絡を」

「かしこまりました」

尚書たちは手際よく動いてくれた。さすがは父の部下、皆が優秀だった。

父は嫌そうな顔をするだけで、何も言わぬところを見ればすでに怒る元気もないらしい。尚書の一人が持ってきた杖《つえ》を右手でつき、支えられながら歩いていった。

あまり人目につかない道を選び、人知れず尚書省へと戻る。

私は父に付き添いながら、その手にある杖にときおり目を向ける。

こんな物があるなんて、普段から杖を使っていたということ？

けれど足腰が不自由だなんて、そんな雰囲気はまったくなかった。

一体どういうことなのか？

もしも大病を隠していたのなら……と、不安が胸をよぎる。

尚書省へと戻ってきた父は、急遽用意された寝所で横になった。

侍医によれば、「過労」らしい。

尚書らは、父がいなくてもできる仕事を片付けると言い出て行き、柳《リユウ》家からついてきている父の世話役・姚《ヤオ》が私と共に寝所に残った。

寝衣に着替えた父は、水と薬を飲む。私には「早く出ていけ」という視線を何度か送ってきていたが、ここで「はいそれでは」と言って帰るわけにはいかなかった。

「朝から何も口になさっておられないとか。粥を食べた方がよろしいのでは？」

使用人が用意してくれた、作り立ての粥がここにある。

父が口をつけようとしないので、私も姚《ヤオ》も困り顔になる。

「私が食べさせましょう」

そう言って匙《さじ》を手にすれば、父がぎょっと目を瞠る。

「いらぬ」

「いります。いるからここに用意されているのです」

「おまえの手は借りぬ」

「人を頼ってこそ一人前だ、とおっしゃったのは父上では？」

「っ……！」

露骨に顔を顰めた父は、私の手から匙を取り自分で少しずつ食べ始めた。

「病人扱いされるとは」

倒れかかってましたよね？

今この状態が病人でなければ、一体何だと言うのだろう？

少し回復してきたのか、いつもの父らしさが出てきたのは安心したい。

「ところで父上、なぜ杖があるのですか？」

姚《ヤオ》をちらりと見た限り、彼は知っているようだった。

もしかして、兄も知ってる……？

また私だけ何も聞かされておらぬのかと思うと、悲しいやら呆れるやらでつい父を睨んでしまう。

「ただ目が悪うなっただけだ」

「目が？」

「右目が見えにくいだけだ」

「だけ、とおっしゃいますが……」

それは大きな病ではないのか？

父は四十八歳になったばかりで、それなりの年ではあるがまだ元気だと思い込んでいた。

「視界が白くぼやけるくらいで、見えぬわけではない。まだ猶予はある」

ある日突然そうなったわけではなく、少しずつ見えにくくなっているらしい。「いずれ右目はほとんど見えなくなるだろう」と侍医に告げられたそうだ。

片目が見えにくいと、何かと不便だろう。それに、気を張って過ごさねばならないはず。

これまで父が平然としていたことに驚いた。

「もしや、筆も……？」

兄の縁談話を聞いたとき、父は筆がきちんと収まっていないことに気づいていなかった。右側にある筆置きが見えていなかったのだ。

「えっと、薬で治るものなのですか？」

この先、どうなってしまうのか。動揺を隠せない私に、父はさらりと言った。

「治らぬ。薬で進行を遅らせるだけだ」

「それは、残念です……」

「右だけで済むのか、それとも左も見えぬようになるのかはわからぬ。こればかりは運だな」

「っ！」

何も見えなくなる可能性がある。そんな恐ろしいことが……、と思うと絶句した。

「なぜ話してくださらなかったのです」

「その必要がないからだ」

確かに、打ち明けられたからといって私は医者じゃないので不安に思うだけ。

俯く私を見て、父はふんと笑った。

「おまえにはもう蒼蓮《ソウレン》様がおるだろう。世話係の職もある。私が今日死んだとしても、路頭に迷うことはない」

「もっとほかに言い方はないのですか？」

じとりとした目で父を睨む。

この父のことだから、私になど同情されたくないのだろう。しかも父がこのように気丈なのだから、私の方が落ち込むのはおかしい。

「母上は何と……？」

「自業自得だそうだ」

「まぁ」

仕事ばかりで寝ない、きちんと食べない、酒量が多い。

この三拍子から「自業自得」と母は言ったんだと思う。元々が健康で強い体だからこそ、今まで何の病気にもならずに来られたのだ。

よくよく考えれば、すでに大病を患っていてもおかしくないような生活である。

「話は終わりだ」

「……もう隠していることはございませんね？」

念のために尋ねるも、父がそれに答えることはない。

大小様々な隠し事はあるんだろうが、ここまで徹底して教えてもらえないのは一貫性があり、私も諦めの境地だった。

「父上、凜風《リンファ》」

ここで兄がやってきて、父の容態を窺う。

父の目が見えにくくなってからというもの、実は少しずつ仕事を引き継いでいたらしい。

やってきた兄と入れ替わり、私はすぐに後宮へ戻ることになった。

外で待っていた藍鶲《ラングウ》は、父の目が見えにくいことに気づいていたそうだ。

「どうしてわかったの？」

「歩き方が少々変わられたな、と思いまして」

普通ならわからないけれど、重心がわずかに傾いているので違いに気づいたという。

「秀英《シュイン》様も直接告げられるまでお気づきになりませんでしたし、尚書の中でも気づいている者は少ないです。凛風《リンファ》様が鈍感なわけではございません」

「父がうまくごまかしていたってこと？」

「はい」

考えても仕方がない。父だって、すでにできることはしているだろうし、母もそばについている。

私が気落ちしたところで、何かが変わるわけではない。そう、それはわかっているんだけれど――

「ああっ、もう次から次に悩みが……！」

こんな顔で紫釉《シユ》様の元へは戻れない。元気を出して、背筋を伸ばして歩かなきゃ……！

そう思っていると、何かに気づいた藍鶲《ラングウ》に袖をそっと引かれた。

「何か用事ですかね？」

その視線の先には、私を追ってくる姚《ヤオ》があった。

彼が父のそばを離れるなんて珍しい。

木蓮の木の下で立ち止まり、姚《ヤオ》が追いつくのを待った。

「凛風《リンファ》様、少々お話がございまして……」

「話？」

まだ何かあるのか、戸惑う私に彼は懸命に「お願い」をするのだった。

黒い屋根の大きな邸は、私が生まれ育った柳家《リュウ》の威厳を示すには十分な迫力の建物だ。

南側にある門扉から入りしばらく進めば、母屋の隣に元始様の像を祀った離れがある。

今日、ここに飾られた真紅や桃色の月季花《げっきか》は、その花びらに傷がないか一枚一枚徹底して確かめられ、まるで盛大な祝宴が開かれるかのような賑やかな内装に変わっている。

「凛風《リンファ》、支度はできたか？」

隣の部屋から扉越しに蒼蓮《ソウレン》様の声がする。

私はどきどきしながら返事をした。

「は、はい……！　すべて滞りなく」

椅子に座る私が纏っているのは、煌びやかな赤の婚礼衣装。少し派手過ぎないかと心配になるくらい、目元も唇も鮮やかな赤で花嫁の化粧を施された。

長い黒髪はしっかりと結い上げられ、金色に輝く大きな髪飾りはいくつもの花が集まってできているかのような細かい作りをしている。

……重い！　気を抜くと頭がどんどん沈んでいきそうなくらい重い！

婚礼衣装の豪華さは知っていたものの、これほどまでに重量があるとは予想外だった。

当然、衣も重たい。袖も裾も何重にもなっていて、紐でぎゅうぎゅうに締め付けられたお腹は倒れる寸前と言っても過言ではないほど苦しい。

きっと蒼蓮《ソウレン》様も似たような状況であるはずなのに、扉越しに聞こえてくる声はいつも通りだった。

「形だけでよいと言われたのに、しきたり通りにまだ顔を見てはならぬというのはどういうことか？　隣にそなたがおるというのに、実にまどろっこしいものだな」

「ふふっ、そうですね」

私たちの結婚まで、あと三年と半年はある。けれど、「どうか婚儀のお姿を見せて差し上げて欲しい」と姚《ヤオ》に頼まれ、母からも文をもらってしまっては頑なに断ることはできなかった。

姚《ヤオ》によれば、目が見えにくくなり始めて侍医にかかったとき、父はふとこんなことを言ったらしい。

『娘の婚儀を見られぬかもしれんというのは心残りだ』

あの父がそのようなことを言うの？　と疑う気持ちはあったものの、驚いたのは姚《ヤオ》や尚書たちも同じであって、「うっかり漏らした言葉こそが本音では」と思い、私に婚儀を早められないかと頼んできたのだ。

蒼蓮《ソウレン》様に相談したら、面白がってあっさり承諾してくれた。ただし公にはできぬ間柄なので、場所はこうして柳《リュウ》家の離れを使うことになった。

私も「形だけ」と思い、今日を迎えたのだが……。

「緊張してきました」

わかってはいたものの、本物の婚礼衣装を纏うとそれなりどころか本格的に婚儀の雰囲気が出る。

初めて訪れる場所でもないのに、さきほどから心臓がどきどきと速く打ち続けるのを感じていた。

「宮廷で行われる儀式とは違う。気楽にすればよい」

「努力いたします……！」

深呼吸を何度も繰り返し、どうにか平常心を保とうとする。

ところがしばらくすると、暇を持て余した蒼蓮《ソウレン》様がこちらの部屋へ入ってきてしまった。

「蒼蓮《ソウレン》様!?」

「迎えが遅いのが悪い」

私と揃いの婚礼衣装を纏った美丈夫が、こちらを見下ろしている。艶のある黒髪はすっきりと結い上げて金色の冠《かん》を被せ、その周りはさらに煌びやかになるよう宝石のついた簪で飾られている。

お顔立ちはもちろんのこと、この方の堂々とした雰囲気には赤や金が似合うと思った。

何と美しいのだろう。

思わず見惚れていると、蒼蓮《ソウレン》様は自然な所作で私の右手を取る。

「よう似合う。かように美しいとは想像以上だ」

「あ、ありがとうございます」

かぁっと頬に熱が集まる。

もう随分と慣れてきたと思ったのに、恥ずかしさで目を逸らしてしまった。

ふっと笑った蒼蓮《ソウレン》様は、私のことを優しく引き寄せる。

「そなたは、今日より私の妃ということでよいのだな？」

「……それはどうでしょう？」

形だけのはずだから、これまでと何が変わるわけでもない。けれど、こうして婚礼衣装に身を包めば「これが本物であって欲しい」という気持ちが強くなってくる。

腕の力が少しだけ強まるのを感じ、蒼蓮《ソウレン》様も同じ気持ちでいてくれるのかも……と思うと嬉しかった。

「お時間にございます」

廊下から、苗《ミャオ》の声がする。乳母の娘である苗《ミャオ》は、昨日柳《リュウ》家へ戻ってきた私をずっと世話してくれていて、今朝も付き添ってくれていた。

準備が整ったので呼びに来てくれたのだろう。

「では、参ろうか」

「はい」

蒼蓮《ソウレン》様は私の額にそっと唇を寄せ、優しい眼差しでそう言った。

美しい月季花で彩られた廊下は、うっとりするほど幻想的だった。離れは少し寂しげだということで、使用人たちがこうして飾り付けてくれたのだ。

蒼蓮《ソウレン》様の美貌にあてられた者たちがくらりと倒れかかるのはもうお約束で、私は「やはりここでもか……」と心の中で呟いた。

儀式の間に着くと紫紺色の長衣を着た藍鷄《ラングウ》が待っていて、恭しく一礼した後にほかの護衛と共に大きな扉を開けてくれる。

いよいよここまで来てしまった。

蒼蓮《ソウレン》様と顔を見合わせて笑い合う。

中へと足を踏み入れれば、特別に作られた玉座につく礼装姿の紫釉《シュ》様や柳《リュウ》家の家族、そして静蕾《ジンレイ》様と麗孝《リキョウ》様、雹華《ヒョウカ》様に彩林《ツァイリン》様らも揃って席についていた。

愛する人たちに見守られた仮初めの婚儀は、どんなに豪華絢爛な婚儀よりも幸せに思える。

父は相変わらず難しい顔をしていて、宮廷で行われる祝宴と変わらぬ様子に見え、隣でとても嬉しそうな顔をして見守ってくれる母とはかなり差があった。

……本当に私の婚儀を見たいと思っていたのかしら？

今さら、もう何度目になるかわからない疑念が持ち上がってくる。

ところが、儀式が終わって宴へと移る直前。

蒼蓮《ソウレン》様と共に、慣例通り両親の前で挨拶を行ったときに父が言った。

「まさか本当に、光燕《コウエン》一の男を捕まえるとは……」

表情こそ呆れるような嘆くようなそんな顔だったけれど、その声からは感極まったような喜びが伝わってきて、父が父として祝福してくれているのだと思った。

ああ、本当に素直じゃない。

父も、私も……。

「私は、柳《リユウ》家に生まれて幸せでございました。ありがとうございました……！」

涙交じりにそう告げれば、胸のつかえが取れたようで。

本当の意味で嫁に行くのは数年後だとしても、一つの区切りがついたような気がした。

■■■

時は流れ、後宮で紫釉《シユ》様に仕え始めて三年が経った。

鳥かごの中には、美しい黄緑色の鳥が二羽寄り添っている。

「おはようございます、紫釉《シユ》様」

「おはよう」

私と静蕾《ジンレイ》様が寝所へやってくると、すでに紫釉《シユ》様は起きておられた。八歳になられた今では、武術の稽古がある日はご自身で早起きするようになっている。

寝台から降りた紫釉《シユ》様は、初めてお会いしたときよりもずっと大きくなっていて、そのお顔立ちもふんわりとした柔らかな愛らしさから、頼もしく凛々しい雰囲気に変わってきているように思える。

お召替えをすれば朝餉を食べに別室へと移動し、この日もそこには蒼蓮《ソウレン》様のお姿があった。

「おはようございます。紫釉《シュ》陛下」

「おはよう、蒼蓮《ソウレン》」

二十七歳になった蒼蓮《ソウレン》様は昔と変わらぬ美貌で、宮廷や後宮で働く者たちの視線を集め続けている。しかも、以前に増して大人の色香が漂っている気がするので、色々と心配である。

「今日は粥に蟹が入っておる」

「そうですね。気づきませんでした」

「蒼蓮《ソウレン》、もっと味わって食べた方がよいぞ」

「ははっ、おっしゃる通りで」

お二人が向かい合って朝餉を召し上がる風景は、すっかりおなじみになっている。

紫釉《シュ》様の青菜嫌いは変わらずだけれど、苦手な物も表情に出なくなったのはご立派で、でもちょっと寂しくもある。

紫釉《シュ》様のご成長は嬉しいはずなのに、お世話係の仕事が少しずつなくなっていくのは何とも言えない切なさがある。

これは毎年、いや毎月のように感じていることで、「十歳で迎える皇族の成人の儀の日が来ると私たちはどれほど寂しがるのだろうか」と静蕾《ジンレイ》様と気持ちを共有し合うこともしばしば……。

そのたびに、今の紫釉《シュ》様のかわいらしさを目に焼き付けなければと肝に銘じていた。

朝餉が終わると、紫釉《シユ》様は再びお召替えをして武術の稽古に向かわれる。

高堅《ガオシヤオ》少年が迎えに来たらその時間になったということなのだけれど――

「紫釉《シユ》様、おはようございます！　今日は馬の日ですよ！」

「飛龍《フエイロン》」

「どっちが早く走れるか競争しましょう！」

紫釉《シユ》様とは違い、あまり変わっていない我が弟は今日も元気だ。高堅《ガオシヤオ》少年に「まずは礼！」と背中を軽く叩かれるのも見慣れてしまった。

飛龍《フエイロン》は側近候補ではないが、武術の稽古に参加して以来「紫釉《シユ》様のお友だち枠」に一人だけ収まっていて不思議な関係性が続いていた。

本人いわく「将来は武官になって紫釉《シユ》様を守る」と決めているそうで、壁を走れるようになりたいという目標がそれに変わったことは、少し進歩したのではないかと兄は笑っていた。


変わったことと言えばもう一つ。

お世話係として紫釉《シユ》様に付き添う時間が減った分、私には新たなお役目が増えた。

「凜風《リンファ》様、今日から新しい二胡になりました！」

昼下がりの後宮に、明るい声が響く。嬉しそうにそう言ったのは、高堅《ガオシヤオ》少年の妹であり皇后選定の儀にも参加していた高紅《ガオホン》姫だ。

五歳のあのときより二胡を練習しているそうで、私の八歳のときと比べても格段に上手になっている。「将来は宮廷楽師になりたい」という夢を打ち明けてくれて、私も応援したいと思った。

「まぁ、素敵な二胡ですね」

紅《ホン》姫の二胡を見て穏やかな笑みを浮かべるのは、蔡一佳《ツァイイージャ》姫。五歳のときは黒陽《ヘイヤン》ではない街に住んでいたのだが、つい先日より宮廷近くの本家で暮らしている。

紫釉《シユ》様が成長するということは、妃候補筆頭である五大家の姫たちも本腰を入れて教育を受けるということで、私が後宮で開くことになった「二胡の会」は彼女たちの交流の場とされていた。

ここに来ても紫釉《シユ》様にお会いできるわけではないので、本人たちはそこまで妃候補ということを意識していない。

今はただ二胡を弾き、皆で仲良く楽しむのがこの会の目的である。

「では、新しい二胡の感覚に慣れるためにも、さっそく弾いていきましょうか」

私がそう言うと、姫たちは「はい」と元気よく返事をした。

けれど、朱芽衣《シュヤーイー》姫が困り顔になっているのが目に留まる。

「どうしたのです？」

「私だけついていけない気がして、自信がないのです」

しょんぼりする芽衣《ヤーイー》姫を見ていると、皇后選定の儀で泣きじゃくっていた姿を思い出す。繊細で気弱、その性格は生まれ持ってのものだから急に変わるわけではない。

私から見れば、芽衣《ヤーイー》姫だけ遅れているわけではないものの、本人はほかの二人と比べて自信を無くしてしまっているらしい。

「では、ゆっくり弾きましょう。焦らずとも大丈夫ですよ」

「はい……」

「二胡の手入れもきれいにできていますし、芽衣《ヤーイー》姫が二胡を好きなことは伝わってきます。間違えても平気ですから、音色を楽しむことを優先しましょう」

「はい！」

三人の姫たちは、それぞれに二胡を持って椅子に座る。

私は彼女たちを前に、ゆっくり最初の音を奏でた。それを追い、三つの音色が重なっていく。

後宮に緩やかな二胡の音色が広がり、とても和やかな時間が過ぎていった。


後宮から見る茜色の空は、毎日同じようで少しずつ変わっていく。

三人の姫たちを見送ってから、私は二胡を桜綾《ヨウリン》に預けて紫釉《シユ》様のいる書閣へ向かっていた。廊下を歩いていると執政宮の屋根に夕陽が降り注ぐのが見え、まるで黄金色に輝いているかのようだ。

蒼蓮《ソウレン》様は、今日も遅くまでいらっしゃるのだろうか？

ふとそんなことを思ったとき、通りがかったところにあった扉がいきなり開いて手首を掴まれる。

「っ!?」

驚いて目を瞠るばかりで、声を上げる暇もなかった。客間に引き込まれた私は、覚えのある香の匂いに包まれる。

「ようやく捕まえた」

頭上から降ってくる低い声に、私は苦笑いになる。

「何事かと思いました……！　かようなことはおやめください」

「すまぬ。しばらく執政宮から出られぬからそなたに会いに来たのだが、秀英《シュイン》に見つかりそうだったのでこうなった」

はぁ、と息をつく蒼蓮《ソウレン》様は私を強く抱き締めながら嘆く。

「そなたと会えねば、やる気が起きぬ」

「呼びつけてくだされば、執政宮へ密かに参りますよ？」

「あそこは官吏がおるだろう」

確かに、このようなことはできない。

困ったお方だと思いつつも、私もそっと衣を握る。

「最近、朱威洋《シュウエイヤン》までもが秀英《シュイン》に似て口うるさくなってきたのだ。出仕し始めた頃はあれほど嫌だと言うておったのに、人は変わるものだな」

「よいではございませんか、頼もしい側近が増えたのですから」

くすりと笑って見上げれば、蒼蓮《ソウレン》様はしかめっ面になった。

どうやら、蒼蓮《ソウレン》様にとっては一大事らしい。

「側近が育ったのになぜ仕事が増えるのだ？　どう考えても、執政宮はこの世の理《ことわり》から外れておる」

そう言われてみれば、そんな気がする。

執政宮は、数年前よりずっと人が増えた。科挙によって採用された優秀な若者、かつ蒼蓮《ソウレン》様に恋心を抱かずきちんと仕事をこなせる官吏が入ってきたはずなのに……？

「なぜでしょうね？」

疑問に思う気持ちは私も同じだった。

蒼蓮《ソウレン》様は私の頭に頬を寄せ、切実な声で訴える。

「今しばらく、そなたとこうしていたい」

最高位執政官としては決して見せないこういうところが、また愛おしい。捜し回っている兄に申し訳ない気持ちはありつつも、蒼蓮《ソウレン》様のお気持ちに応えたくもあった。

そっと唇が重なり、幸せだと実感する。

かすかに耳に届く足音は、きっと兄のものだろう。

「お迎えが来てしまったようですね」

「そのようだな」

「兄上も早く帰りたいでしょうに……」

今、柳《リユウ》家の邸にはかわいらしい赤子がいる。

琼英《チユンイン》と名付けられたその子は兄にそっくりな男児で、最近ちょこんと座れるようになってその姿がまた愛らしいと、母や莉祥《リーシヤン》様から文が届いていた。

「仕方ない、戻ってやるか」

「はい、お願いいたします」

蒼蓮《ソウレン》様は、渋々といった様子でするりと腕を解く。

私たちが廊下に出ると、すぐに角から兄がやってくるのが見えた。

「蒼蓮《ソウレン》様、捜しましたよ」

「今日はなかなかに早かっただろう？」

「なぜ自慢げなのです!?　行方知れずになっておきながら……！　だいたい最高位執政官が席を外すときは必ず誰かに行き先を告げるか、護衛を連れて行くかしていただかねば…………」

兄の苦言を、蒼蓮《ソウレン》様は明るく笑ってあしらう。

「平和で何よりですね」

「凜風《リンファ》、兄のこの様子を見てなぜそう思うたのだ!?」

きっとこれからも、この二人の関係は変わらないんだろう。

長い年月をかけて姿を変えてきた後宮は、これからどうなっていくのか？

こんな風に笑顔でいられる日々がずっと続いて欲しい、そう思うのだった。

番外編　穏やかな日々

ひゅんっと空気を裂く音がして、少し離れた位置にある小さな丸い的を矢が射抜く。

兵部の敷地内にある鍛錬場で、少年たちが次々に矢を放っていた。

「シュウ様、五本当たりました！」

飛龍《フェイロン》が明るい笑顔で振り返り、それを見た紫釉《シュ》様は羨ましそうなお顔をする。

「すごいぞ、飛龍《フェイロン》。……我ももっと強う弓を引けたら、飛龍《フェイロン》のように中央に当たるか？」

弓はまだ始めたばかりで、華奢な紫釉《シュ》様にはこれがなかなか難しいらしい。子どもが使う練習用の弓でも、ある程度の力が必要だった。

私は紫釉《シュ》様が構えるたびに「どうか命中してください」と祈っているものの、その成果はまだまだこれからといった具合だ。

皇帝陛下である紫釉《シュ》様が、自ら矢を射るような状況は実際には来ないで欲しい。でも、皇族とは部下に尊敬される人物でなければならないということで、刀や弓、槍などの武器を持ち戦う術を身につけていくんだそうだ。

「陛下、今すぐ的を完璧に射る必要はございません」

「蒼蓮《ソウレン》」

偶然時間が空いて様子を見に来た蒼蓮《ソウレン》様が、麗しい笑みを浮かべてそう言った。

彼はこちらに近づいてくると、武官から本物の弓を受け取り、すっと構えて見せる。的を睨むお姿は弓の達人のごとく慣れたご様子で、紫釉《シュ》様も飛龍《フェイロン》もじぃっと見入っていた。

ひゅんっと高い音がして矢はまっすぐに的に向かっていく……のかと思いきや、的の端に当たって地面に落ちた。

「あぁ、今日はまだいい方ですね。当たりました」

外れることはわかっていた、という雰囲気の蒼蓮《ソウレン》様に紫釉《シュ》様はきょとんとした顔になる。

「蒼蓮《ソウレン》は弓が苦手なのか？」

「そうですね、弓はきちんと練習せねばこうなるのです。狙いを定めるのが非常に難しい。しかも戦場や狩りになれば、ゆっくり狙いを定めている時間はございませぬ。ただ――」

蒼蓮《ソウレン》様は再び矢をつがえ、狙いを定める様を見せた。

「こうして正しく構えて気迫を見せれば、それなりの威嚇になります。我らのような上に立つ者にとっては、うまく見せかけることも技の一つですよ」

弓を下ろした蒼蓮《ソウレン》様は、近くにいた上級武官にそれを渡す。そして「射ってみよ」と命じられた。

年若い彼は少し緊張気味に矢をつがえるも、即座に放たれたそれは見事に的の中央を射抜く。

パンッという軽い音は小気味よく、紫釉《シユ》様と飛龍《フェイロン》は「おお〜」と感心して声を上げた。

「真ん中に当たった！」

「かっこいい！」

ほかの少年たちも、次々に声を上げる。

蒼蓮《ソウレン》様は、紫釉《シユ》様に改めて向き直ってから告げた。

「五、六年続けていれば、いずれ紫釉《シユ》陛下もこのように上達なさるでしょう。気長に励んでくださいませ」

「わかった。我はじっくり励むことにする」

弓を手に、納得の表情を見せる紫釉《シユ》様。その後も真剣に麗孝《リキョウ》様の教えを聞いていた。

こうして一つ一つ経験を重ねていくことで、大きくなっていくんだなぁと思うと温かい気持ちになる。

小さな手が赤くなるのは痛々しいが、これも必要なことなのだろう。

見守ることしかできない私は、せめて……と冷たい水で手巾を濡らし、少しでも紫釉《シユ》様の役に立てればと思うのだった。

その夜、執政宮へ記録帳を持ってきた私を、蒼蓮《ソウレン》様が茶でもどうかと誘ってくださった。最高位執政官としての執務に際限はなく、まだこれから上級官吏らが集まる報告会があるのだという。

用意された花茶はほんのり甘い香りがして、心が落ち着くようだった。

二人で並んで座り、短い休息を取る。

「飛龍《フェイロン》は立派な武官になるであろうな。誰に似たのか……？」

兄とは随分と違うな、と思ったのだろう。

蒼蓮《ソウレン》様の言葉に、私はくすりと笑う。

「母方の血筋でしょう。体格のよさも、あちらにおります伯父や親戚の者たちによう似ておるそうです」

「騎馬民族か。右丞相はよき縁を結んだものだな」

両親の結婚は、柳《リュウ》家が李《リ》家に対抗するための武力を欲して持ち掛けたのだと聞いている。これまで交流がほとんどなかったというから、思いきったことをしたものだ。

飛龍《フェイロン》の成長を知らせたら、きっとあちらにいる伯父たちは喜ぶだろう。

ここで、私はあることを思い出す。

「あ、そうです。今日は飛龍《フェイロン》が文を持ってきてくれたのです」

私は、帯の下に入れたままだった文を思い出す。かわいらしい文字で「お姉様へ」と書かれたそれは、翠蘭《スイラン》からの文だった。

さくら色の紐が結ばれた文を開けば、六歳ががんばって書いたのだと一目でわかる大小様々な字が綴られている。

「翠蘭《スイラン》は、二胡をがんばっていると……。母の勧めで舞も始めたとか」

「そうか。元気そうだな」

「はい。とても楽しく過ごしていると書かれていて、安心いたしました」

次に会えるのは、いつになるだろう？

かわいらしい字を眺めていると、自然に笑みが零《こぼ》れる。

「そなたが嬉しそうで何よりだ」

隣を見れば、蒼蓮《ソウレン》様が笑顔で私を観察していた。

自然な所作で髪を撫でられ、恥ずかしくなって目を逸らしてしまう。

こういうときは一体どうすればいいのか？

じっと黙って固まっているうちに、右肩に重みを感じた。

「少し眠るが……よいか？」

「は、はい」

艶やかな黒髪が、私の袖をさらりと滑る。

蒼蓮《ソウレン》様はすでに目を閉じていて、どうやら官吏が呼びに来るまで眠るつもりらしい。

「あの、奥のお部屋で横になられた方がよろしいのでは？」

座ったままよりも、きちんと横になった方がいいだろう。そう思って提案するも、あっけなく却下された。

「そなたのそばがいい」

「…………」

きっぱりそう言われてしまえば、返す言葉はなかった。置物にでもなったつもりで、心を無にしてやり過ごすしかない。

これもきっと、許嫁の役目のはず……！

自分の心音が大きく聞こえてしまうほど、静まり返った部屋で二人きり。ほんの少しの間のはずなのに、とても長い時間のように感じられた。

番外編　皇帝陛下の隠れ家

皇族の成人年齢は、十歳。

本来であれば、紫釉《シユ》は即位した三歳のときに後宮から出て本殿に住まうはずだった。「父を亡くし、すぐに本殿へ移るのはあまりに酷だ」という蒼蓮《ソウレン》の計らいで、紫釉《シユ》は十歳になるまで後宮で暮らしてきた。

「妃を迎えるまで、もうここには戻らぬのだな」

まもなく成人の儀を迎え本殿へ住まいを移すという今、采和殿《サイカデン》には空っぽの部屋が増えた。

紫釉《シユ》が日頃から使っている部屋は不自由のないようそのままの状態だが、ここもいつかすべて運び出すのだろうと思うと何とも言えない寂しい気持ちになる。

書き物をしていた紫釉《シユ》は、窓の外を行き交う荷運びの者たちを見てふとそんなことを呟いた。

「皇后となられるお方にここを使っていただくか、それともこのまま残しておかれるかは、紫釉《シユ》様のお心次第でございます」

生まれたときからずっとそばにいる静蕾《ジンレイ》は、紫釉《シユ》の気持ちを慮《おもんぱか》ってそう言ってくれた。凛風《リンファ》も同じく笑顔で頷いている。

「皇后か。想像もつかぬ」

候補が幾人もいることは知っていた。

蒼蓮《ソウレン》からも、成人の儀を迎えたら本格的に皇后選びが始まると聞いている。早ければ十二歳で、遅くても十五歳には皇后や皇妃を選ぶことが決まっていた。

「堅《シャオ》殿は、先日お相手が決まったそうですね」

「凜風《リンファ》も知っておったか」

「はい。ご本人から教えていただきました。それに、すごく話題になりましたので」

側近の高堅《ガオシャオ》は、紫釉《シユ》より三つ年上の十三歳。五大家の一つである高《ガオ》家の嫡男の縁談は、宮廷や後宮でも話題になった。

「めでたいな」

「ええ、真に」

凜風《リンファ》はにこりと笑う。

「他人事だとめでたく感じるのに、己が誰かを選ぶとなればそのような心地にはならぬのはなぜだろう?」

「「……」」

笑ったまま無言になる二人を見て、紫釉《シユ》はクッと笑いを漏らす。

「大丈夫だ、我もきちんと考えておる。皇后選びはしとうない、などとワガママは言わぬぞ」

あははと明るい声を上げた紫釉《シュ》は、困り顔の二人を見て再度「大丈夫だ」と告げる。無理をしているようには見えず、本当に納得の上での言葉だと二人は安堵した。

「ここを出るのはもっと寂しい気持ちになるのだろうと思うておったが、想像していたよりは落ち着いている。十歳を迎えて成人すれば、皇帝として新たにできることが増えるらしいからな。今はあちらに移るのが楽しみだという気持ちもある」

「そうですか……」

その顔立ちがすっかり大人びた紫釉《シュ》を見つめ、静蕾《ジンレイ》は誇らしげな表情だ。

小さな手で女官たちの裾を摑み、一歩二歩と歩く練習をしていた頃のことが懐かしく思えた。

「ここまでよう無事に育ってくださった」と心の中で感謝する。

「静蕾《ジンレイ》、凛風《リンファ》。世話になったな」

改めて礼を言われれば、二人は何事かと思う。

「本殿では、今ほどそばにおるわけではないだろう？　我がこれまで暮らしてこられたのは二人のおかげだ。感謝しておる」

「……突然、どうなさったのですか？」

別れの挨拶のような言葉を口にする紫釉《シュ》を見て、静蕾《ジンレイ》も凛風《リンファ》も不思議そうな顔をした。

これからも紫釉《シュ》の世話係が不要になることはなく、二人は引き続きそばにいることが決まっているのだ。

凛風《リンファ》は蒼蓮《ソウレン》の妃になるものの、この五年の間に結婚しても宮廷で働けることが約束されており、毎日ではなくなるものの紫釉《シュ》の世話係でいることは変わらないはずだった。

静蕾《ジンレイ》にいたっては、後宮の女官長から皇帝陛下付き上級官吏へと身分を変え、これまで通り毎日紫釉《シュ》の世話をすることになっている。

ところが、紫釉《シュ》は静蕾《ジンレイ》に向き直ってあることを告げた。

「静蕾《ジンレイ》」

「はい」

「我の頼みを聞いてくれるか？」

「…………」

一体何を頼まれるというのだろう？

静蕾《ジンレイ》は、かすかに微笑みながら首を傾けた。

■■■

これまで光燕《コウエン》で行われてきた皇子たちの成人の儀も豪華であったが、三歳にして即位した第十七代皇帝陛下自身の成人の儀はかつてない規模で祝われた。

龍神像に金銀の盃が供えられた祭壇では、三日三晩ずっと特別な香を焚き、火を絶やさず燃やし続ける。

大神教《ターシエン》の道士たちが祈りを捧げる中、紫釉《シユ》の成人の儀は恙なく行われた。

紫釉《シユ》を送り出した後の後宮は、祝いのために作られた灯籠が数え切れないほど置かれていて、赤や黄色の光を灯している。

采和殿《サイカデン》に一人残った静蕾《ジンレイ》は、遠くで鳴り続ける太鼓の音に耳を澄ませていた。

(不安なのは紫釉《シユ》様ではなく、私の方ですね)

昼間の儀式で紫釉《シユ》に会ったとき、その姿を見て「本当にご立派になられた」と感動で涙が溢れた。きっとこの先、この方の未来は明るいのだと信じられた。

ここまで勤め上げた達成感と、かけがえのないものがなくなってしまった喪失感。そのどちらもが大きすぎてどうしようもなく落ち着かない。

つい四阿《あずまや》へ出てきてしまったが、ぼんやりと蓮の花を眺めるほかにやることはなかった。何もかも夢ではないかと思えてきた頃、石橋を渡って近づいてくる音がした。

「お迎えに上がりました、お嬢様」

聞き慣れた声に振り返れば、そこには護衛武官の礼装を纏った麗孝《リキヨウ》がいる。

かつて、結婚すると約束を交わしながら一方的に反故にしてしまった相手が、再び自分を迎えにくるなんて。

紫釉《シユ》からは、「我のことはよいから麗孝《リキヨウ》と幸せになれ」と頼まれたものの、本当に彼が迎えに来てくれるかは半信半疑だった。

「お嬢様だなど……。幾つになったと思うておるのです？」

静蕾《ジンレイ》がそう尋ねれば、彼もまた困った顔で笑う。

「あ〜、そうだな。もう三十二か？」

「はい」

「俺だって三十三だ。一人ならともかく、二人なんだから別にいいだろう」

向かい合って互いの顔をまじまじと見つめ合えば、初めて会った頃とは随分変わったものだ。

今さらこの手を取っても、本当にいいんだろうか？

静蕾《ジンレイ》は、決して女官長のときには見せない不安げな瞳をする。

——時運がなかったんだ、俺たちには。

あるとき、自分たちの関係について麗孝《リキヨウ》がそんな風に言っていた。

本当にその通りだと、静蕾《ジンレイ》も思った。

そして、諦めた。

自分がそばにいなければ、消えてなくなってしまいそうな小さな存在。紫釉《シユ》を後宮に残し、笑顔で去ることがどうしてもできなかった。

（もうお嬢様と呼ばれるような年でもないし、子を産めるかもわからない。それに顔や手だって昔とは違うし……）

世話係としての日々を、後悔したことは一度もない。けれど、これまで培ってきたものはすべて後宮でしか通用しないものだ。

生家を離れた身では高家《ガオ》の後ろ盾もなく、あるのは「皇帝陛下の世話係だった」という栄誉だけ。人生の約半分を後宮で暮らし、誰かの妻としてやっていける自信はない。かといって、紫釉《シュ》に背中を押されてしまった状況では、どうしようもないのだが……。

躊躇う静蕾《ジンレイ》に対し、麗孝《リキョウ》は感極まったように目を細めて笑った。

「おまえはずっときれいだ。光燕《コウエン》で一番の女を嫁にできるんだから、待っていた甲斐があった」

その笑顔を見ていると、無性に泣きたくなってくる。

恨み言の一つも言わず、黙って結婚を諦めてくれたあのとき同様、何年経ってもこうして笑いかけてくれるのだと胸がいっぱいになった。

「俺は静蕾《ジンレイ》が欲しいんだ。一緒に来てくれればいいから、ほかのことは気にするな」

おまえの考えていることなどすべてお見通しだ、とも言って彼は笑う。

こうして気持ちを伝えられるのは、もう何度目か。昔からずっと変わらぬ麗孝《リキョウ》の想いに、静蕾《ジンレイ》は涙を零した。

「――も」

ようやく声になった言葉は、消え入りそうに小さい。

それを聞き取ろうと麗孝《リキョウ》が一歩距離を詰めたとき、その腕の中に飛び込んで今度ははっきりと告げた。

「私も、あなたが好きです」

こうして何の障害もなく抱き合えるようになるまで、随分と遠回りしてしまった。目を閉じてしまえば、抱き締めてくれる腕の強さやぬくもりに堪らなく幸福感を覚える。

これほどまでに幸せなことがあっていいのだろうか？

互いにその存在を確かめたくて、長い間離れずにいた。


静蕾《ジンレイ》が後宮を去り、早三年。

十三歳になった紫釉《シユ》は、黒陽《ヘイヤン》の街を視察することも増えた。

「今日は暑いな」

「もう初夏ですね」

腰まで伸びた長い黒髪は、高い位置で一つに結んでいる。背はすでに凜風《リンファ》を追い越し、武官の黒い装束がよく似合うようになった。

隣を歩く高堅《ガオシャオ》は、もうすっかり大人びた姿に成長していて頼もしい。

今日、街へ出てきたのは、より身近に民の暮らしを知るべく身分を隠して様々な場所を訪れるため。行く先々で見る物聞く物を楽しみにしているのだが、ときおり訪れる「隠れ家」での休息はいつもと同じだった。

「ようこそ、お越しくださいました」

宮廷の西にある広い邸は、どこかの客商の持ち物だとされている。

ただしそれは表向きの話で、実際には麗孝《リキョウ》が蒼蓮《ソウレン》から下賜された邸であった。

ここで紫釉《シユ》を出迎えてくれるのは、かつて後宮で暮らしていたときに毎日見ていたあの笑顔。一行が心身共に休まるよう、あらゆる準備をして彼女は待っていてくれた。

「お久しぶりにございます、紫釉《シユ》様」

「静蕾《ジンレイ》、変わりないか？」

にこりと笑うその顔には、近頃宮廷ではあまり見せなくなったあどけなさが残る。

紫釉《シユ》はいつも通りの言葉をかけ、静蕾《ジンレイ》もまた変わらぬ笑顔で頷いた。

「はい、このように元気にしております」

「そうか、それはよかった。……玲玉《リンユイ》はまた大きくなったな」

視線の先には、静蕾《ジンレイ》の衣の裾を握る小さな女の子がいる。目鼻立ちのくっきりしたその顔は、母である静蕾《ジンレイ》によく似ていた。

「まもなく二歳になります」

「もうそんなに経つか」

「はい。さぁ、玲玉《リンユイ》。お客様をご案内できますか？」

力強く頷いた玲玉《リンユイ》は、とことこと小さな足音を立てて中へと進んでいく。

「シュウ様がお越しになりました！」

そう言いながら歩いていくかわいらしい後ろ姿に、一同は揃って目を細める。

「皆がはりきって支度をいたしましたので、ぜひたくさん召し上がっていってください。紫釉《シユ》様のお好きな蟹もございますよ」

和やかな空気で始まった、少し遅めの昼餉。

宮廷のどんな宴で並ぶ料理よりもおいしいと紫釉《シユ》は言う。

この日も、明るい笑い声が邸の中に響いていた。

あとがき

こんにちは！　柊《ひいらぎ》一葉《いちは》と申します。

『皇帝陛下のお世話係～女官暮らしが幸せすぎて後宮から出られません～』は、ついに物語が完結を迎えました。

三巻まで見届けてくださった皆様、本当にありがとうございます。

硝音《しょうおと》あや先生が描いてくださった表紙は、幸せな結末を感じさせるとても美しいイラストで、紫釉《シュ》様のかわいさもさらに増したように思いました。

三巻に亘り素晴らしいイラストを描いていただき、とても感謝しています。初めての中華ファンタジーで何かと迷いも悩みもあった執筆途中ですが、「これを乗り切ればイラストが見られる！」と奮起して書き上げることができました。硝音あや先生、ありがとうございます！

最終巻となる三巻では、凜風《リンファ》や紫釉《シュ》にとって新しい出会いが幾つもありました。

共に暮らせない太皇太后《たいこうたいごう》、それに紫釉《シュ》の母である雪梅《シュエメイ》妃、紫釉《シュ》を取り巻く環境は厳しいものではありますが、人が人を大切に想う気持ちは温かいものだなと、改めて感じていただけるお話になっていれば嬉しいです。どこまでも愛情深い燈雲《トウウン》の存在があったからこそ、蒼蓮《ソウレン》がこうして紫釉《シユ》を大切にできているのではと思います。

凜風《リンファ》がお世話係になって一年経ち、蒼蓮《ソウレン》との仲も深まっていき、三巻では微笑ましいシーンが多かったような……？

国政のあれこれに巻き込まれながらも、紫釉《シユ》の世話係として、蒼蓮《ソウレン》の許嫁として、柳《リユウ》家の娘として奮闘する凜風《リンファ》はまた成長できたのではないでしょうか？

父との関係性は相変わらずですが、時が経つにつれ凜風《リンファ》が優勢になっていくのではと想像します。今となってみれば、このお話は三巻かけて繰り広げた盛大な親子喧嘩だったのかもしれない、とも思いました（笑）。

また、今回はいつも誰かに振り回されている不憫かわいいお兄ちゃん、秀英《シュイン》の結婚までを書くことができました。立ち上がれないくらいボロボロになりながらも、それでも家のため、国のため、生きていかなければならない……、そんな不憫なキャラが大好きなのでこうなりました。

一巻のときから「お兄ちゃんを幸せにしなければ終われない！」と思っていたので、こうしてお届けできてよかったです。

なお、小説版は三巻で完結しましたが、吉村悠希《よしむらはるき》先生によるコミカライズはマンガＵＰ！アプリで連載が続きますので、どうかそちらも応援をよろしくお願いいたします！

最後になりましたが、本作の出版にあたりご尽力いただきましたＳＱＥＸノベル編集部の皆様、担当編集さん、ご関係者様、誠にありがとうございました。

中華は難しい、調べれば調べるほどに疑問が増える、そんな至らぬところだらけの私を広いお心で受け止めてくださり、三巻まで無事に刊行できるまでにお支えくださり感謝しております。

様々な苦難はございましたが、『皇帝陛下のお世話係』は私にとってすごく大切な作品となりました。

読者の方々にとりましても、思い出に残る作品になれていたらいいなと思います。

これからも、またどこかでお会いできるようがんばります。

本当にありがとうございました！

あたたかな物語を
ありがとうございました!!

硝音あや
Aya Shouoto ×××

柊先生、硝音先生「皇帝陛下のお世話係」三巻発売おめでとうございます！そして完結お疲れ様でした!! 凜風や蒼蓮、紫釉様にお兄ちゃん、みんなに会えなくなってしまうのがめちゃくちゃ寂しすぎるのですが、それ以上に「皇帝陛下のお世話係」の物語に巡り合えた事が幸せです。

柊先生の不憫ヒーローとめげないヒロインが大好きです。「皇帝陛下のお世話係」のヒロイン凜風も俯かずまっすぐ前を向いて自分の足で歩いて行こうと頑張るところが素敵ですし、硝音先生の人物だけでなく背景まで艶やかなイラストはいつまでも眺めていられる！そんな最高のお二人が作りだされた作品に関わらせて頂けて夢みたいです。

コミカライズの方では凜風と蒼蓮が恋を自覚するのはこれから先になりますが、「皇帝陛下のお世話係」の世界を表現できるように精一杯頑張ります。
この素敵な物語をありがとうございました!

吉村悠希

SQEXノベル

皇帝陛下のお世話係
～女官暮らしが幸せすぎて後宮から出られません～ 3

著者
柊 一葉
イラストレーター
硝音あや

2023年1月7日　初版発行

発行人
松浦克義
発行所
株式会社スクウェア・エニックス
〒160−8430
東京都新宿区新宿6−27−30　新宿イーストサイドスクエア
（お問い合わせ）スクウェア・エニックス　サポートセンター
https://sqex.to/PUB

印刷所
図書印刷株式会社
担当編集
大友摩希子
装幀
小沼早苗（Gibbon）

ISBN978-4-7575-8341-2　C0093
Printed in Japan